琼 瑶
作 品 大 全 集

燃烧吧！火鸟

琼瑶

著

作家出版社

燃烧吧！火鸟

琼瑶

著

作家出版社

琼瑶，本名陈喆，作家、编剧、作词人、影视制作人。原籍湖南衡阳，1938年生于四川成都，1949年随父母由大陆赴台生活。16岁时以笔名心如发表小说《云影》，25岁时出版首部长篇小说《窗外》。多年来笔耕不辍，代表作包括《烟雨蒙蒙》《几度夕阳红》《彩云飞》《海鸥飞处》《心有千千结》《一帘幽梦》《在水一方》《我是一片云》《庭院深深》等。

多部作品先后改编成为电影及电视剧，琼瑶也因此步入影视产业。《六个梦》系列、《梅花三弄》系列、《还珠格格》系列等，影响至深，成为几代读者与观众共同的记忆。

琼瑶以流畅优美的文笔，编织了众多曲折动人的故事。其作品以对于梦的憧憬和爱的执着，与大众流行文化紧密结合，风靡半个多世纪，成为华文世界中极重要的文学经典。

我为爱而生，我为爱而写

文字里度过多少春夏秋冬

文字里留下多少青春浪漫

人世间虽然没有天长地久

故事里火花燃烧爱也依旧

　　　　　　　　　　馥穗

第一章

那天假若不是星期天。

那天假若不是晴朗的好天气。

那天假若不是卫仰贤在高雄开会，没有回家。

那天假若不是一群喜悦的小鸟，在卫家姐妹的窗前吱吱喳喳地喧闹，把那对小姐妹吵醒。

甚至，那天假若不是春天，那种温柔的、宁静的、熏人欲醉的春天，连微风都带点儿酒意的春天，使人在房子里待不住的春天，绿树阳光原野白云都在对人呼唤的春天……那么，整个卫家的历史都要改写了。

可是，偏偏就有命定的这样一个早晨——春风和煦，阳光明媚，绿树成荫，云淡淡，风微微，鸟声啾啾，蝶影翩翩……

没有丝毫预兆，只是一个美好的、春天的早晨……事情竟然发生了。

许多许多年以后，兰婷还常常从梦中惊醒，愕然地望着一窗阳光发愣，愕然地记起那个早晨。

"妈妈，妈妈。"八岁的嫣然光着脚丫，穿着件粉红色的小睡袍，怀中紧抱着她的小狗熊，一直奔跑着冲进兰婷的房间，直跑到床前，软软的头发拂在脸庞上，乱乱的，甜甜的。

"妈妈，妈妈。"她嚷着，喜欢重复"妈妈"两个字，故意表示她的娇柔，表示她是个"小"女娃儿。"巧眉，巧眉，巧眉……"她又来了，故意重复"巧眉"，来表示她是姐姐，她是个骄傲的、有保护感的"大"姐姐，"巧眉不肯睡啦！巧眉醒啦！巧眉说你答应带她去公园看猴子……"

兰婷倦倦地伸着懒腰，在慵散之中，充满了温馨的幸福感。这幸福感像一层暖洋洋的海浪，把她轻轻拥着、包围着、激荡着。她一把抓住嫣然，把头往孩子胸前揉去，手指顺势拂搔着孩子的腰间："巧眉，巧眉，噢，是巧眉要去公园。"她逗弄着嫣然：

"好，妈妈带巧眉去公园，不带嫣然去，嫣然和秀荷看家，等爸爸出差回来，好不好？"

"妈妈——呀！"嫣然拉长了童稚的声音，不依地嚷着，接着，就被兰婷呵弄得咯咯地笑了起来，那笑声清脆、天真、一串接着一串，像风铃的撞击，柔美如歌。"妈妈——呀，"她边笑边说，认真地，"嫣然不去，巧眉怎办？巧眉怎办？""巧眉有妈妈呀！"兰婷说，笑着，喜欢嫣然急切中用的省略字。她总说"巧眉怎办？"而不说"巧眉怎么办？"。

"不行，不行，不行的呀，巧眉要我！"嫣然坚决而肯定地说，"巧眉会怕！"

"怕什么？"

"怕猴子呀！巧眉什么都怕，在学校里，她连兔子都怕呢！她不敢摸小白兔，怕兔子咬她！"

"是吗？"兰婷温柔地问着，从眼角，她注意到她那另一个女儿——六岁的巧眉，穿了件白纱的睡衣，像个踩着云雾飘然而来的小仙女。她踮着脚尖，轻轻悄悄地走来，白皙柔嫩的脸庞上，漾着迷人的微笑。唉！兰婷心中的赞美是一首诗。

嫣然是支歌，巧眉是首诗，而她腹中还有个新的生命刚刚孕育，那该是个小壮丁了。她和仰贤期盼已久的男孩了吧！女孩子都是诗和歌，男孩子才是一本巨著……噢噢，新时代的新女性，怎能也有重男轻女的思想呢？她摇摇头，摇掉那微微泛上心头的犯罪感。专注地去看她的小女儿，巧眉。巧眉的脸蛋红扑扑的，眼光澄澈清亮，大双眼皮完全遗传自父亲，长睫毛自然卷，双眸如水，剪水双瞳。古人真懂得形容眼睛，再没有更合适的字了。巧眉的眼睛是水汪汪的，从婴儿时代就是水汪汪的。

"妈咪，"巧眉娇声呼唤着，"我们去公园吗？"

"我们去，"兰婷笑着，"嫣然看家。"

巧眉眼光顿时暗淡了，她伸手握牢了嫣然的手。

"姐姐不去，巧眉怎办？"她天真地扬着睫毛，口气竟然和嫣然如出一辙。

兰婷大乐，一把就抱住了两个女儿，把那两颗温柔而女性的小脑袋都紧拥在胸前。她喜欢两个孩子发际的幽香，喜欢那小手臂的环绕，喜欢那童稚的声音，喜欢那妩媚的依偎，喜欢那由心底漾出的母性的满足，喜欢那新生命在自己体内的悸动……哦，喜欢，那一刻，她喜欢整个世界、整个宇宙、整个生命！

"噢，孩子们！"她喊着，"我们都先起床，换衣服，然后去公园！"

一小时后，她们母女三个在公园看猴子，喂松鼠，捉蝴蝶。两个孩子又跑又跳又叫又笑。兰婷始终记得那个早上姐妹两个的打扮，她们穿着一模一样的白纱洋装，腰上系着粉红缎带，背后打上大蝴蝶结，裙摆短短的，白袜子，粉红色小鞋子。长发都披在脑后，只是，在耳朵上方各扎了两束小发绺，也系着粉红色缎带。

两个孩子是引人注目的。漂亮的孩子走到哪里都引人注目。她们娇小玲珑，快乐天真，再加上那份与生俱来的纯纯的、雅雅的、柔柔的感觉。她们真迷人呵！是全世界的珍宝都无法取代的东西。当两个孩子迷上滑滑梯和树荫下那大秋千的时候，兰婷在一棵合抱的大榕树下坐下来，靠在树干上，她听着姐妹俩的笑声，叫着，心里在模糊地沉思着生命的奥秘与玄奇。

嫣然出世的时候，兰婷和仰贤都希望生个男孩子。女孩子使他们有些失望，但是，初为父母的感觉很快就把那层失望赶跑了。当嫣然被护士抱来的时候，那孩子抿着嘴，吮着自己的嘴唇，唇角漾着两个小涡儿。仰贤竟然坚持孩子对他

"嫣然一笑"。兰婷无法嘲笑仰贤对女儿的"迷恋"和"自作多情",但,她给孩子取了个名字叫"嫣然",使人人都知道,这孩子出世就会笑。

嫣然两岁,巧眉出世,又是个女孩!兰婷不能掩饰自己的失望,孩子出世两个月,名字都没定。嫣然那时正牙牙学语,对巧眉最感兴趣,她常摇摇摆摆地走到摇篮边,轻手轻脚地去触摸妹妹,爱怜之情,已充溢在眼神和眉端。她摇着摇篮,用发音不正的儿语叫:"小……小……妹……妹……"

居然喊成了:"巧……巧……眉……眉……"

巧眉,巧眉,后来,全家学着嫣然喊婴儿"巧眉",巧眉的名字就这样定了。等孩子再大了些,嫣然妩媚温柔,巧眉眉目如画,大家都说两个女孩的名字取得好,很女性,也很脱俗。却怎么也没料到,她们的名字是这样来的。兰婷每次听到亲友们说:"取名字也是学问,瞧人家卫仰贤夫妇,给两个女儿取名叫嫣然和巧眉,听着好听,写来好看,跟孩子的长相又符合,就知道人家是有学问的!"

兰婷总会哑然失笑。有学问!真有学问!两岁的嫣然已经有学问了,给妹妹取名叫巧眉。不知将来会不会再给弟弟取个名字?弟弟?她深思地靠在树上,用全身心去体会体会体内的小生命——弟弟,她能断定是男孩吗?如果再生个女孩呢?女孩?她抬头迷惑地看着那姐妹二人,巧眉的头发散了,发结掉了,嫣然正抱着妹妹的头,用心地给妹妹扎头发呢!哎,如果再生个女儿,像嫣然和巧眉这样可爱的女儿,多生一两个也无妨!哦,她又赶快摇头,你不可能有比嫣然和巧眉更可爱的女儿了！她们两个，已经是全世界最可爱、最最可爱的了！所以，你必须生个儿子！那个早晨，她靠在树干上，注视着两个嬉戏的女儿，剩下的心力，就全用来渴望着那将来临的"儿子"上。

嫣然把巧眉的头发扎好了，扎得自己浑身大汗，扎了一个歪歪的"蜻蜓结"。嫣然扎的结肥肥得像蝴蝶叫蝴蝶结，她扎的这个瘦瘦的只好叫"蜻蜓结"。她拍拍巧眉的肩，爱怜地说："好啦！"

巧眉摸摸头发，笑了，一对水盈盈的眼睛迎着阳光闪亮，闪亮出无数的光彩。她跑开，到了秋千架下面，她抓着绳子，不敢爬上秋千，她对姐姐害羞地笑。不说什么，嫣然和巧眉之间自有心灵的语言。嫣然走过去，把巧眉扶上秋千。

"你抓好绳子，我来推你！"嫣然说，"你不能什么都怕！同学会笑你。"

巧眉战战兢兢地坐在秋千上，双手紧抓着绳子。

"姐姐，"巧眉细声细气地说，"我们去滑滑梯，好不好？"

"不好，不好。"嫣然摇头，笑着喊，"抓牢了！"

嫣然推起秋千，秋千荡了起来。

巧眉的长发在空中飘着，她开始笑了，又笑又叫："好好玩啊！好好玩啊！高一点！高一点！再高一点！再高一点！"

嫣然拼命推送着秋千，和妹妹一起笑着。她奔来奔去地推秋千，长头发飞舞，裙子飞舞，笑声如银铃抖落。巧眉兴奋极了，快乐极了，高踞在秋千上，她随着那飘荡的弧度惊叫，惊笑，惊喊，惊唤。她的发结又散了，长发也飞舞着，裙子也飞舞着，笑声也如银铃抖落。

"高一点！高一点！再高一点！"

秋千越荡越高，越荡越高，越荡越高……

兰婷忽然从她那"新生命"的沉思中惊醒过来，似乎有什么第六感的东西刺痛了她某根神经，她抬头惊望，只看到那飞荡上天的秋千，她急呼着："巧眉！小心！太高了！嫣然……"

她的话没喊完，声音就冻结了。她眼光直直地瞪视着前面，只看到巧眉那小小的身子，不知怎么滑落了秋千，从高高的空中，重重地往下坠落……她跳了起来，狂呼着："巧眉！"

巧眉飞离秋千，摔落在地，似乎只是几秒钟的事，兰婷的世界，却像在刹那间完全静止。她本能地奔过去，听到许多人在惊叫，在纷纷跑来，而这些跑来的人之中，有个最小的身影，以最快的速度，箭似的扑向巧眉……嘴里发出近乎绝望的悲切的歉疚的疯狂的呼唤声："巧眉！巧眉！巧——眉——"那是嫣然。

嫣然发疯般冲上去，发疯般抱起妹妹的头，发疯般俯身去亲吻巧眉的面颊，发疯般哭喊尖叫："巧眉！巧眉！妈妈呀！妈妈！妈妈……"

兰婷冲过去，一眼看到的，是巧眉后脑涌出来的鲜血，染红了嫣然雪白的裙子，而巧眉的脸庞，和嫣然一样，都像张白纸。

兰婷的腿一软，不声不响地晕倒过去。

这就是那个春天早上发生的事。

这只是一件小意外，巧眉在送医院以后，治好了伤口，治好了小腿的骨折，她继续活下去，继续长大，只是，自从那天起，她的脑神经受伤，影响了她的视神经，她从此失明。她仍然有对漂亮的大眼睛，双眸如水，剪水双瞳……她却再也用不到她的大眼睛。

兰婷在那个震惊下失去了她生命中唯一的儿子，她流产了，是个男孩，而且，医生宣布她再也不能生育。

嫣然呢？嫣然有一段时间不再嫣然，她几乎不会笑，不知道什么东西叫"笑"，她只是紧握着妹妹的手，呆坐在病床前面，谁也拉不开她，劝不走她。当巧眉身体完全复原，当巧眉又会说又会笑了，嫣然还是不会笑。

不过，这一切都过去了。

随着时间的流逝，大家都尽量淡忘往事。嫣然再会笑的时候，她的笑容里总带着点忧愁，带着点无奈，带着点早熟的悲哀。但是，她终于又会笑了。

卫家和许多家庭一样，有他们的幸与不幸。

卫家和许多家庭一样，带着他们的幸与不幸，度过一天又一天，一月又一月，一年又一年。

图书馆里静悄悄的。

嫣然坐在借书台的后面，眼睛迷惘地望着那大玻璃窗。早上出来上班时，天气还是好好的，而现在，却淅淅沥沥地下起雨来了。雨珠一颗颗扑打着玻璃窗，发出细碎微哑的低鸣，把玻璃窗染上一层水雾，透过水雾，街上的树影、车影、人影都变得朦朦胧胧了。

嫣然无意识地望着那片朦胧。

室内很宁静，宁静中偶尔传来阵阵翻书声，或低低细语声。嫣然喜欢图书馆中这种气氛。当初考上图书管理系实在是误打误撞，反正现在考大学，在联招制度的志愿表安排下，每个人考中的科系都是碰运气。她碰进了图书管理系，不太喜欢，她本想学文学的。可是，没料到这一系还很吃香，一毕业就被介绍到这家半公半私、规模不算小的"砚耕图书馆"来做事，待遇不低，工作是从基层的管理员做起。她最怕毕业后没工作，虽然父亲事业不小，家里的经济环境，绝不在乎她工不工作，她却怕透了如果没工作就必须天天待在家中的那份岁月。想起整天待在家里，让时间一分一秒慢吞吞地从身边流过……她就想起巧眉。不，不能想巧眉，不能让自己思想永远围绕着巧眉转，不能。但是，唉！她仍然在想巧眉，下雨天，巧眉在做什么呢？"听"雨？"听"雨，"听"雨！

而嫣然呢？嫣然在"看"雨！

雨雾在窗玻璃上绘着图形，流动的、抽象的、变幻的图形，一片又一片。像树叶的飘落，像涓涓的细流，像各种形状的花瓣……像遥远的季节里，两个小女孩头发上的蝴蝶结，散开的蝴蝶结，滑落的蝴蝶结，散开的缎带，坠落、坠落、坠落……带着那缎子的光亮，蜿蜒滑落，像一条细细的蛇……

她打了个冷战。五月的天气多变，似乎转凉了。

"喂！喂！小姐！小姐……"

有人在呼唤，她蓦然回过神来，这才发现有个大男孩正站在柜台前，用手指轻敲着桌子，似乎已经等了她好久了。

她定睛注视，忽然觉得眼睛一亮，心中微微闪过一阵怦然。这感觉，就像她念大一时，第一次见到凌康一样。凌康那时念大三，是大传系的高才生，帅气，挺拔，神采飞扬，身边的女孩子围了一大群。时代变了，母亲常常说：以前男孩追女孩，现在女孩追男孩。凌康太优秀、太突出，他是那种永远逃不过女孩子纠缠的男人。凌康，唉！凌康！她心底幽幽叹息。

"喂，请帮帮忙！"面前的大男孩说，"借书出去可以吗？"

"哦，"她努力提起精神，"当然可以。"她注视他，蓝衬衫，蓝长裤，蓝外套，一系列的蓝，却蓝得不统一。衬衫是浅蓝，裤子是深蓝，外套是旧旧的牛仔蓝。真怪，不统一中原来也有谐调。他挺立在那儿，年轻的面庞，年轻的眼神，年轻的体格……他顶多二十五岁。在嫣然心目中，二十五岁左右的男人都是"男孩子"，超过三十，才能算男人。这男孩的眼神好熟悉，"似曾相识"的感觉是人类心理上的一种潜意识，她曾经在一本心理学书籍上念过。她不喜欢这种潜意识，这证明她内心的防线上还有空隙，有弱点。

"你要借什么书？"她问，看看他的手，他两手空空，手中一本书都没有。

"如果可以借出去，我再去找我要借的书，"他说，"不能借出去，我就不必找了，免得浪费时间。我才不想在图书馆里看书。"

"图书馆里看书才是真正看书呢!"她不由自主地接口,看了那大大的"阅览室"一眼。

"为什么?"

"因为你无法躺着看,跷着腿看,窝在沙发里看,或趴在地毯上看,你必须正经八百地坐在那儿,你也就无法分心,就会专心一志地看下去了。"

"哇!"他低呼一声,眉毛往上轻扬,好浓的眉毛,好黑好深好亮的眼睛……以前,巧眉也有好黑好深好亮的眼睛。

"我就是受不了正经八百地坐着看书,那样直挺挺坐在那儿,我看到的不是书,是我自己的鼻子。"

她有些想笑,不自觉地看看他的鼻子。确实,以中国人的眼光看,他的鼻子算挺的,但是,他在夸张。不经心地夸张,不造作地夸张,自然而然地夸张。她喜欢他这种夸张。

"好了,"他转开身子,"我去找书去!"

"等一等!"她喊,拿出一张表格,"先填表格,好吗?"

他拿起表格,鼻子皱了皱,眉心皱了皱,嘴唇皱了皱。不太满意。

"这感觉不好。"他说。

"什么感觉?"

"填表,我好像到了医院挂号台。"从口袋里掏出一支廉价的原子笔,他靠在柜台上,飞快地填着表格,一面填,一面说,"我们活在一个填表的世界里,上学要填表,毕业要填表,找工作要填表,生病要填表,报户口要填表,受军训要填表，考学校要填表……哇，我填了一辈子表。想看几本书，还要填表！"

他把填好的表格交给她。她拿起来，看着：

姓名：安骋远

年龄：二十七

籍贯：河北

学历：成大土木工程系毕业

职业：建安建筑公司绘图员

婚姻：高不成低不就，未婚。

家庭状况：比上不足，比下有余。

地址：台北市忠孝东路四段×巷×弄×号

电话：七七九一七七九（吃吃酒一起吃酒）

她抬头看他，他在微笑。对着她微笑，那微笑里带着抹调皮，带着抹自信，带着抹天真。

"我的电话号码很好记，我把谐音也写上，这样，如果我忘了还书，你只要想起那家伙是吃吃酒一起吃酒的酒鬼，就行了！"

"安骋远，"她念着，也笑了，"我第一次遇到姓安的人。像小说里的……""《儿女英雄传》里的安公子！"他接口，"我在学校里大家都叫我安公子，我起先很得意，后来把《儿女英雄传》找来一看，老天！那个安公子真窝囊，碰到几个小毛贼，吓得会尿裤子，气得我一星期睡不着觉，想了各种办法想改姓，我爸就是不肯。后来，我发现那个窝囊的安公子，居然先娶金凤后娶玉凤，想想，起码还有点美人缘，就忍下去啦！只是忍到现在，金凤也没遇到，玉凤也没遇到呢！"

她凝视他。他说得相当有趣，她不自禁地微笑。

"你看不出有二十七岁。"

"哦？看得出多少岁？"

"十七。"

他脸色沉了沉，皱眉头。

"谢了！"他憋着气说，"还好没说我只有七岁。对一个男人，你这句话有点侮辱性。表示我还没有成熟！好了，我不在这儿耽误你，有人来借书了，我先去找书去！"

他转身，迈开步子，很快地消失在那一间间、一排排、一列列的书城中了。

她摇摇头，在图书馆工作也有个好处，生活绝对不像想象中那么单调，你会碰到形形色色的人。例如，现在，她面前有个很可爱的小老太太，她是这图书馆的常客，和嫣然已经混得很熟了，姓莫，大家都称她莫老太。莫老太身材矮小，大概不到一百五十厘米，已经七十岁了，脸上全是皱纹，却乐观无比，亲切慈祥爱笑。几年来，她几乎看完了整个图书馆的书，涉猎之广，令人惊奇。现在，她把两本书放在柜台上，嫣然接过来，一本是《你的星座》，一本是《紫微斗数》。

"莫老太，"嫣然拿起借书卡，登记着，"你对算命有兴趣了吗？我记得您上次借的全是科学方面的书。"

"科学是理性的，"莫老太说，"命运是非理性的。我看科学的书，是试着用理性来解释人生。可是，卫小姐，等你活到我这样的年纪，看过了真实的人生，活过了大半个世纪，你就会知道，人生有许多事，都是非理性的。一个偶然，一个刹那，一件小小的事件，常常就决定了人一生的命运。我借这两本书，想研究研究中国人和外国人对'命'的看法。"

嫣然把书递给莫老太，目送那矮小的身子蹒跚地离去，她陷进了某种沉思中。命运，命运，命运是什么？命运是非理性的，是一种公式。她坐在那儿，拿着笔，下意识地在一张白纸上写：

偶然＋偶然＋偶然＋偶然＋偶然……＝命运

她对着这公式出神。许多年前发生了一件偶然，许多年前不该发生那件偶然……她的情绪沉落了下去，心情像窗外的雨雾，朦胧而迷茫。她从很多年前一个春天的早晨开始，就患上种时好时坏的"忧郁症"，这症状会随时发作，随时把她从欢乐或明快中一下子拉进晦暗和哀愁中去。事实上，她觉得自己这些年来，并没有什么真正明快或欢乐的日子。如果勉强要算有，就是刚认识凌康的那段日子了。她记得第一次参加舞会，是凌康请她去的。第一次离家去溪头旅行，是凌康安排的。第一次坐在电话机前等待，是为凌康。第一次在父母面前有秘密，是为凌康……但是，凌康，凌康……她叹了口气，在纸上胡乱地涂抹着：

偶然偶然偶然偶然……＝命运

凌康偶然偶然偶然……＝矛盾

矛盾＋凌康＋偶然＋命运……＝？

　　她停下笔，用手托住下巴，出起神来。心情陷在一片迷惘的混乱里，悲哀乘隙而入，占据了她的心灵。有好一会儿，她不知道自己在想什么，做什么，只是深陷在那种凄然的虚无里。

　　"喂！喂！小姐，书找到了！要不要登记？"

　　她被唤醒了，回过神来，那"安公子"正把三本书放在桌上，眼光直射在她脸上，肆无忌惮地打量着她。

　　"你经常这样子吗？"安公子问。

　　"什么？"她困惑地看他，不知道他在说什么。

　　"你有些——神不守舍。"他说，伸过头来，看她写的字条。"矛盾加凌康加偶然……"他念着，她慌忙把字条一把握住，揉成一团，扔进柜台下的字纸篓里去了。他点点头，若有所思、若有所知、若有所解地凝视她。"凌康是谁？"他问。"不关你的事。"她很快地说，去拿桌面的书。

　　"当然不关我的事！"他的眼光闪了闪，笑意浮在嘴角上。

　　"管他是谁，你已经把他和你的矛盾一起扔进字纸篓里去了。是不是？"

　　她怔住了。看了他几秒钟。然后，她几乎是漠然地低下头去，拿出一张新的借书卡，把他选的那三本书拉到面前来。

　　他借的三本全是文学著作，一本《贵族之家》，一本《白痴》，一本《刺鸟》。她心中漾起一股奇异的情绪，很巧，这三本书全是她看过而且很喜欢的作品。她登记了书名，把书递给他。

他接过了书，站在那儿，有点失措地望着她。她沉默地收拾着桌上的东西——原子笔、订书针、登记表、书本……她不想再和他谈话。

"怎么了？"他问，"我说错了什么话吗？你刚刚不是这样一副拒人于千里之外的样子。喂，"他用手指敲敲桌面，"你姓什么？"

她摇摇头，不理他。

他又站了一会儿，然后，他一把抱起桌面的书，用力地甩了甩头，咬咬牙说："好，我懂得什么叫不受欢迎，什么叫自讨没趣！我也不会厚着脸皮在这儿惹人讨厌。但是，小姐，让我告诉你一句话，是莎士比亚最最有名的句子，相信你也听过：笑容是美丽的女孩最美丽的化妆品，冷漠是美丽的女孩最大的致命伤。我把这莎士比亚的名言送给你！"

她不由自主地抬起头来。

"莎士比亚？"她愕然地问，"莎士比亚哪一本书里的句子？"

"怎么？"他一脸的惊诧，"你居然不知道？"

"我该知道吗？"她有些懊恼，"我连莎士比亚是吃的东西喝的东西还是玩的东西都不知道！"

"你当然知道莎士比亚！"他瞪她。

"我只知道沙士汽水！"她哼着。

他笑了。

"你会说笑话，就还有救。"他说，一副自得其乐的样子。

"孤僻和傲慢是慢性的毒药，它一点一滴地谋杀人类。对不起，我爱文学爱之成癖，专门引用名言，这是屠格涅夫的句子。"

"屠格涅夫，哪本书？"

"是《罗亭》"。

"胡说，我看过《罗亭》。"

"那么，大概是《猎人笔记》里的，或者是《父与子》，要不然就是《烟》里面的……"

"我想，"她瞪着他，"是《前夜》里的！"

"对！"他恍然大悟，"就是《前夜》里的！"

她睁大眼睛，静静地看他，静静地摇头。

"你专门冒充名人吗？"她问，"你怎么不再引用一点狄更斯、哈代、罗曼·罗兰的句子？你知不知道杰克·伦敦说过一句话，对你倒很合适！"

"什么话？"他大感兴趣。

"浅薄的人才用名言装饰自己。"

"唔，"他哼着，脸有些红了起来，"对不起，我不认识杰克·伦敦，他哪本书里写了这句话？"

"《野性的呼唤》！"

"胡说！"

"那么，"她垂下睫毛，笑意不知不觉地浮上嘴角，"就是《海狼》里面的，要不然，就是《马丁·伊登》里的！"

他看着她，笑容逐渐充盈在他那黑而生动的眼睛里，他咧了咧嘴，他的嘴角很宽，笑起来往上弯，有种温暖而亲切的韵味。他对她看着，他们彼此看着，然后，不约而同地，两人都笑了。

"好，"他说，"我承认莎士比亚和屠格涅夫都没说过那些话，那是安骋远说的！至于你那句什么浅薄无知的话，到底是谁说的？"

她摇头。

"不告诉你！"

"你很天真，"他抱住书本，准备走了，"如果我想打听你的名字，实在太容易！再见！杰克·伦敦！"

他走了。大踏步地，他很踏实、很笃定、很自信、很轻松、很愉快地走了，消失在大门外的雨雾里了。嫣然坐在那儿，对他的背影出了好一会儿的神。多么有生命力的一个男孩子！多么充满活力与热情的一个男孩子！多么会"利用名人"来装饰自己的男孩子！多么会卖弄——卖弄，真的，他在卖弄他的文学知识，屠格涅夫、《罗亭》《烟》《猎人笔记》……

正像她忍不住要卖弄杰克·伦敦一样，扯平了。她和他是扯平了。她下意识地低下头去，找出他的数据：安骋远，河北人，二十七岁，未婚。

第二章

　　下班的时候，雨仍然没停，走在湿漉漉的街道上，她只能用皮包顶在头上挡雨，真讨厌这雨淋淋的天气，它把天空都压暗了，灰灰的天，灰灰的云，灰灰的雨，灰灰的暮色……

　　她往公共汽车站走。安公子带来的一些欢愉已经消失了，跟着灰灰的暮色和雨雾一起包围住她的，又是那随时发作的病症，灰灰的忧郁。忧愁夫人！德国苏德曼的作品，一本著名的小说——《忧愁夫人》！她看到了那位夫人，她正浮在空中，飘荡在雨雾里，像个灰色的幽灵。

　　忽然间，有把伞遮在她头顶上，一个轻快的、男性的、熟悉的、愉快的声音嚷着："哈！人生何处不相逢？又碰到你了！"

　　她一惊，蓝衬衫，蓝长裤，蓝外套！她接触到他笑嘻嘻的眼睛。

　　"你……"她怔着。

"猜到你没带伞！"他坦白地笑了，"回家放下书，看到雨越下越大，心里一直在转念头，总不能才借了书又去还书，如果想再找个理由接近你，只有一个办法，带把伞出来接你！所以，就拿了把伞，冒冒失失地在街上等你了！你瞧，我没撒谎，老老实实地先招了！"

她瞪着他，那年轻的脸庞上，充满了活力，充满了欢愉，充满了某种动人的温暖。他咧着嘴在笑。他有对会笑的眼睛，有张会笑会说的嘴，有份会笑会影响人的力量……她亲眼看到忧愁夫人被他赶得仓皇后退，退到云层深处去了。她继续瞪着他，心里涌上一层温柔，脸上的肌肉就放松了，她知道，她也在笑了。

"你叫什么名字？"他再度开口，语气坚定，"我很不习惯叫人小姐，我喜欢一开始，大家就彼此称呼名字，我该怎么称呼你？"

"卫，"她清清楚楚地说，"保卫的卫，卫嫣然，嫣然一笑的嫣然。"

"卫嫣然。"他紧盯着她，重复着这名字，"卫嫣然，你有个很美的名字。只是，希望你经常都能够名副其实。"

雨珠打在伞上，滴滴笃笃，瑟瑟……她想起一支英文歌，歌名叫《雨的旋律》。

6 5 5 3 3 2 2 1

2 1 1 6 5 5 3 3 2 3 5……

音乐！是的，那雨是一串音符：听那雨声如歌滴落！听那雨声如歌滴落！告诉我以前多么笨拙！告诉我以前多么笨拙！

巧眉坐在钢琴前面。

她纤长细致的手指灵巧地滑过了琴键，让那成串的音浪如水般流泻。美妙的琴音跳动在宁静的暮色里，把那阴暗的黄昏奏成了活的、生动的、跳跃的、悸动的，充满了生命力与幻想力。她沉浸在音乐的领域中，专心地去抚动那些十几年来摸熟了的琴键，她长长的睫毛半垂着，眼珠在凝注不动的时候，她看起来像是在沉思，像个永远在沉思、永远在倾诉、永远沉浸在某个不为人知的境界中的少女。

真的，巧眉专心地弹着琴，对于周围的一切都不注意，她知道黄昏来临了，下午，她就已嗅到雨雾的气息，听到雨声的低诉。当你不能看的时候，你的其他感官的反应就会分外灵敏。假若她安心想去体会周遭的一切，她绝对可以知道这琴房中常常轻微响动的脚步声，是谁进来了，又是谁出去了。

母亲、父亲、秀荷、张妈……他们总是轻悄悄地进来，再轻悄悄地出去。大家都不打搅她，尤其在她如此专心弹奏的时候。可是，她手边的茶永远是热的，一盘小点心总是在固定的位置，永远新鲜。奶油的香味和琴房中一瓶鲜花的香味，充盈在室内。点心、热茶、鲜花……这些细碎的小东西加起来，是一个字："爱"。她常常内心悸痛地去体会这个字，而觉得她承受得太多，却苦无回报。

这个下午她把自己埋在贝多芬的《命运》中，在许多交响乐的主调里，她最偏爱三首：贝多芬的《命运》、柴可夫斯基的《悲怆》和斯特拉文斯基的《火鸟》。每次弹这三首曲子，她都会进入一种完全忘我的境界。在这时候，脑中不想爸爸、妈妈，不想嫣然，不想自己的失明，不想过去，不想未来……只猛烈地抓住"现在"这一刹那，这一刹那是贝多芬的，是柴可夫斯基的。不是她的，不是卫巧眉的。她很久以来，就下意识地放弃了找寻自我。

终于，她弹完了琴，让手指从琴键的最高音一下子滑到最低音，一连串流动的音浪瀑布般宣泄而过，然后，是完全的静止，完全的宁静……她垂下手，默默地坐着，心神在捕捉那宁静的一瞬，完完全全的宁静。

一阵掌声从身后传来，打破了那份宁静。巧眉微微一惊，怎么，她居然不知道他来了，更不知道他从何时起已经坐在那沙发上了，他能这样悄无声息地进来，完全不引起她第六感的注意，实在是很奇怪的。她慢慢地从琴边转过身子，唇边漾起了一丝笑意。

"凌康。"她说，"什么时候来的？"

"下班以后。"

"你下班了？那么，快六点钟了？"

"是的。"

"那么，"她侧耳倾听，"姐姐也快回来了。唉！还在下雨，应该让秀荷送把伞去。"

"你不要担心嫣然。"凌康说，注视着巧眉。面前的少女雅致温柔，乌黑乌黑的长发直垂胸前，面颊白皙如玉，双眉清秀如画，那失明的双眸，虽然缺乏光彩，却仍然动人心弦。

他凝视她，每次凝视巧眉，他都觉得内心有种近乎痛楚的感觉，痛楚的怜惜，甚至是痛楚的依恋。认识巧眉已经五年了，五年来，这种痛楚感有增而无减，连受军训那些日子里，他都无法摆脱这份痛楚感。"你不用担心嫣然，"他再重复了一遍，"你姐姐会照顾自己，她独立而坚强。"

巧眉面对着他，眉心轻轻地蹙了蹙，唇际有声几乎听不出来的叹息。这种轻颦轻叹，和她浑身带着的清灵纯洁、雅致细腻，都又引起他心中的痛楚。巧眉，巧眉……他心里有多少话想对她说，如果她肯"听"的话！

"姐姐并不坚强。"她忽然说，从琴凳上站了起来，熟悉地走到沙发边来，他本能地伸手去扶她，她却已经在沙发另一端坐下了。"凌康，"她静静地面对着他，静静地说，"你怎么不去接她？反正你要来我家，怎么不顺便去接她？你开车来的，是不是？"

"是，"他有些结舌，有些狼狈，"对不起，我没想到这一点，我的办公室离砚耕图书馆还有段距离，现在，又正是车辆拥挤的时间……"

"这……不成理由吧？"她轻声问。

"是的！不成理由！"他的心脏怦然一跳，忍不住冲口而出，"真正的理由是，我根本没想到嫣然，我一下班，就……"

"凌康，"她轻柔地打断了他的话头，就像以往很多次紧要关头，她都会及时打断他一样，"请你把钢琴边那杯茶递给我好不好？我渴了。"

他咬住嘴唇，咽住了要说的话，走过去拿了茶，递到她手中。她紧握着茶杯，叠着腿，把茶杯放在膝上。她那秀气的手指，几乎是半透明的，玻璃杯里碧绿的茶，透过杯子，把她的手指都映成了淡绿色，像玉，像翡翠。她啜了一口茶，再倾听着。

"几点了？"她问。

"差五分六点。"他看看表，站起来打开了室内的灯。灯光下，她坐在那儿，一袭淡紫色的衣衫，领子上系着白色的小结。她看起来真像幅画！

"姐姐五点钟就下班了。"她不安地蠕动了一下身子，"可能挤不上公共汽车。"

"巧眉！"他喊了一声，"你不能永远这样依恋嫣然，你好像害了——相思病似的！你应该出去走走，到海边去晒晒太阳，星期天我带你去海滨浴场晒太阳好不好？"

"如果下雨呢？"她微笑地问。

"如果下雨，"他有力地说，"我就带你去淋淋雨！在雨里散步，也很有情调的，你信不信？"

"我信。"她唇边漾开一个很动人很诚挚的笑，"你有没有和姐姐在雨里散过步？"她轻声而温柔地问。

"我……"他怔住，瞪着她，几乎有些生气。可是，她那样柔美，那样纯真，那样温柔和宁静……他简直无法和她生气！"我没有。"他闷声说。

"那么，何不从今晚开始？和她去雨里散散步？"她说，一副心无城府、纤尘不染的模样。

"我告诉你，巧眉，"他忍无可忍，急促地说，"如果我要和嫣然去雨里散步，五年前我就可以和她去了！你懂了吗？"

一阵寂静。她脸上掠过一抹惊惶，像只受惊的小动物。她的眉头又轻轻蹙拢，嘴角微微痉挛了一下，她张开嘴，吸了口气，几乎是痛苦地问："五年？我们认识你已经五年了吗？"

哦，是的，五年！凌康苦恼地想着。五年是很长的岁月！

他不自禁地回忆起第一次见到嫣然的情形，一年级的新生，头发还是短短的，唇角有两个小涡儿，不笑也像在笑，但是，笑容里总带着那么几分无奈。或者，就是这点儿说不出来的"无奈"打动了凌康。那时，凌康在学校里办墙报，演话剧，参加辩论比赛，办活动，开舞会……是学校里的风头人物，环绕在他身边由他挑选的女孩起码有一打。凌康知道自己的条件优厚，知道自己被女同学欢迎，也知道嫣然注意到了他，几乎所有的新生都注意了他。

说实话，那时凌康交女朋友都没有认真过，大概他太顺利了，太没碰过钉子，使他对女孩子都是游戏态度。他很高傲，很自信，很坚强，他不让自己陷进去。对嫣然，他确实动过心，真正地动过心。他带她参加舞会，第一次和她跳贴面舞，她的清雅飘逸、灵秀妩媚就使他怦然心跳。第一次带她看电影，他在黑暗中握住她的手，她居然惊悸得手指冰凉……她那么纯，那个一年级的小女生。真的，嫣然确实吸引了他。假如——假如嫣然不那么快就把他带回家，不那么快就让他见到她的家人，他和嫣然一定会继续发展下去。可是，嫣然做错了，或者做对了，他无法判定这对与错。嫣然把他带回家，让他见到了巧眉。第一次见到巧眉，他就知道他完了！他和嫣然之间也完了。

那时巧眉才十六岁。

一个十六岁、双目失明的小女孩，怎么会有这么巨大的牵引和震撼力，让他迷失了如此之久？

那晚，巧眉也在弹钢琴。乌黑的长发直垂腰际，皮肤白嫩得像掐得出水来，秀气的眉毛下，是对迷迷蒙蒙的大眼睛。

他这一生从没有见过如此美丽的眼睛！这样美丽的双眸居然看不见东西，他那怜惜的情绪就彻底地占据了他整个心灵，抽痛他每根神经。但是，那孩子并不悲叹什么，并不怨天尤人。

她很可爱地微笑着，很可爱地弹着琴，很可爱地问他一些细细碎碎的小问题："你念大传系？什么叫大传？"

"你是不是很高？我觉得你的声音在我头顶上飘。"

"你喜欢钢琴吗？你一定会唱歌！"

那晚的他必然忘形。他记得自己为她唱了歌，一支又一支，从民谣到西洋歌曲。她侧耳倾听的样子可爱得像个梦。他完了！他被捕捉了，被无心地捕捉了！无心，确实无心，这孩子经过了五年，二十一岁了。你不能说二十一岁的少女还不解风情。但是，她仍然对他若似无情，若似无意，若似无心。这种无情、无意、无心的情形几乎要让他发疯了。这些年来，他一直在告诉自己：等她长大！等她长大！多么苦恼的等待！多么费心的安排呀！

五年来，他让自己和卫家保持来往，逐渐成为卫家的一员，兰婷和仰贤待他如同待自己的儿子。卫氏夫妇都不问什么，不说什么，只是安详地接待他，自然地接待他，让他在卫家的大门中出出入入。他始终不知道自己有没有伤害过嫣然，嫣然太聪明了，太敏锐了。没有几天，她就把他看透了。

嫣然悄悄地避开，不落痕迹地把自己放在一个超然的地位。她和他依旧有说有笑，有来有往。说的是巧眉，谈的是巧眉。

而巧眉，巧眉隐藏在一片轻烟轻雾中，让他把握不住，让他焦灼苦恼，让他抓不住也看不清。

"你在想什么？"巧眉忽然打破了沉寂，"你有好一会儿都没说话了。"

"想……这五年！"他喟叹着，"时间很快，是不是？你从小女孩变成大人了。"

"你从学生变成编辑了。"她说，"可惜，我看不到你编辑的杂志。但是，姐姐把里面的小说念给我听过，她说你的选材都很好。"

"她说？"凌康咬咬嘴唇，"你认为呢？你没意见吗？你没有自己的思想吗？"

"我……"她嗫嚅着，"我是不太懂的。你知道，我几乎是很无知的。例如，有篇文章写云的颜色，写清晨的彩霞，我知道很美，可是，我就是无法具体抓住那种变幻的色彩，我对颜色几乎已经忘光了。"

"哦！"他心中抽搐了一下。没有颜色的世界是什么世界？没有光线的世界是什么世界？他心痛地伸出手去，把手忘形地压在她的手上。她被这突然的接触吓得直跳起来，手中的茶溅了出来，溅得她和他满手都是。他慌忙从她手中取掉杯子，抓起一张化妆纸擦拭她手背上的水，她很快地缩回了手，把手藏在身子背后，急促地说："以后不要这样！请你！"

"不要怎样？"他恼怒起来。对自己生气，对她生气，对这五年的时间生气。他忽然觉得，他非要表白心事不可，他非要征服她不可。他今晚再不说清楚，他会疯掉！

"不要再碰我，"她清清楚楚地说，"我并不习惯，你吓了我一跳。"

"你迟早要对我习惯，"他说，忽然抓住了她的手腕，她惊惶地后退，他握住她的手，坚决地叫，"巧眉！听我说几句话！"

"不。"她很快地说，用力想抽回自己的手，脸涨红了。

"请放开。"她低语，语气低柔而清晰。如此柔和的声音，却有极大的支配力量。"不要利用我的缺陷来征服我，"她说，"我看不见，这很不公平。请你放开我，不要吓住我，我对所有突然的举动都会害怕。你懂吗？凌康，不要吓住我！"他立即松手。是的，不能吓住她，绝不要吓住她，否则，他永远都得不到她。他垂下手去，沮丧而懊恼。

"巧眉，巧眉，"他低语，"我该把你怎么办？你脑子里到底整天想些什么？除了钢琴音乐以外，你生命里到底还有些什么？我真不了解你……"

她退到窗子边，把脸转向了窗玻璃，像个孩子一样，她用额头贴着玻璃，似乎在倾听那雨的声音。

"对不起，"她喃喃地说，"我想，我是无可救药了。"

"什么无可救药了？"他听不懂。

"我……我……"她嗫嚅着，脸色暗淡了下去，"我活在一个无色无光的世界里，那个世界你走不进去，而你的世界，我也走不进去。凌康，我是无可救药了。将来，有一天，你或者会了解我这句话……我努力想不自卑，努力想做个正常的、可爱的……瞎子，但是……"她迷蒙的眼睛里有了水雾，她的声音可怜兮兮地震颤着。"有时是很难很难的，要排除那种自卑和无助的感觉是很难很难的，要想不依赖别人也是很难很难的……我……我……我说不清楚，我……"她努力挣扎，泪珠仍然沿颊滴落。

"不要说了！"他哑声制止，因为自己带给她的痛苦而自责，而内疚，而更加苦恼起来。他身不由己地走到她面前，想拥抱她，想安抚她，想拭去她的泪痕。但，他不敢碰她，怕再吓住了她，怕再冒犯了她，他就呆呆地站在她面前，束手无策地望着她。

她很快地拭去泪水，振作起来。她勉强地仰起头，勉强地微笑了，那笑容虚飘飘地浮在她唇边，似乎很遥远，很不实际。

"别理我！"她说，"我偶然会自怜一下！不过，很快就会好起来……噢，几点钟了？"她突然问。

他下意识地看表。

"六点十五分！"

"哦！"她惊呼，"这么晚了？怎么姐姐还没回来？糟糕，她会不会出事？会不会遇到车祸？你刚刚说交通很挤，是吗？我要去问妈妈……"

她的话还没说完，客厅里的电话铃响了起来，她惊觉地侧耳倾听，立刻，兰婷在客厅里叫："巧眉，你姐姐打电话回来，说她不回家吃晚饭了，她问你要不要跟她讲话？"

"要！要！"巧眉慌忙答应着。熟悉地穿过琴房的门，几乎是奔进客厅。凌康跟着从琴房走出来，他有时会对巧眉行动的敏捷惊奇。但是，卫家非常仔细，每样家具的位置从来不移动。

巧眉一直奔向了电话，从母亲手中接过听筒来。她面颊上的泪渍仍未干透，那脸色也依旧苍白。兰婷仔细看了她一眼，就若无其事地站在一边听着。

"喂，姐，"巧眉对电话急切地说，"你不回家吃饭吗？为什么不回家吃饭？"

"巧眉，"嫣然在说，"我碰到一个老同学，他要请我吃晚饭，我吃了饭就回来，你要我带什么东西不要？我给你买了新上市的枇杷，又香又大，你还想吃什么吗？苹果？哈密瓜？……"

"不，不用了。"巧眉有点消沉，"你为什么不把你的老同学带回家来吃饭呢？"

"呃，"嫣然像是忽然被什么东西堵住了喉咙，好半天，电话对面哑然无声，然后，嫣然呻吟似的低语了一句，"不，再不会了。"

"姐姐，"巧眉怔了怔，"你说什么？我一个字也听不清楚。"

"哦，"嫣然醒了过来，提了提喉咙，"没说什么。你——你今天过得好不好？凌康——他来了吧？他在吗？"

"在。你要跟他说话？"巧眉想移交听筒，一时间，闹不清楚凌康的方向，"凌康！"她叫。

"哦，不，不，"嫣然慌忙说，"我并没有话要对他说，我只是……问一问他在不在。好了，我要挂电话了，对了……"她又想起什么，"你告诉凌康，他杂志上那篇《泥人》棒透了，吃完晚饭，让他念给你听，一篇好精彩的小说！"

"哦，"巧眉细巧的牙齿咬了咬嘴唇，她抽了口气，很快地说，"姐，你必须在外面吃晚饭吗？在下雨是不是？整个下午都是雨声，你没带伞，一定淋了雨。你——不能早些回来吗？"她祈求地，"能不能？"

"除非——"嫣然很犹豫，"你怎么了？你好像不大开心？发生了什么事吗？你……好，"她忽然下了决心，"我回家来！告诉妈妈等我回来吃饭！"

"你的——那位老同学呢？"

"让他去请别人吧！"

电话挂断了。巧眉把听筒放好，转过头来，脸上有着静静的、柔和的微笑。

"妈，姐姐要回来吃晚饭了，我们多等一下！"

兰婷困惑而不解地看着巧眉，再无言地看向凌康，凌康满脸的沉思，眼睛里写着烦恼，嘴角带着忍耐——一种近乎痛楚的忍耐。而巧眉，她扬着脸庞，忽然有某种秘密的快乐，染亮了她的面颊，她很真挚地说："凌康，姐姐要回家来和你讨论你的杂志，她说有篇什么《泥人》，简直棒透了！"

凌康呆着，像个泥人。

清晨，嫣然醒来，就听到琴房的琴声了。这么早，她看看手表，还不到六点钟！想必，巧眉又有个失眠的长夜！否则，她不会这么早就去弹琴。失眠的长夜？最近，巧眉是不太对劲，她显得苍白、沉默，比以前更喜欢待在琴房。她怎么了？嫣然张着眼睛，望着天花板，心里在飞快地转着念头。

从什么时候开始的呢？巧眉变得怪怪的了。嫣然搜寻着记忆，是凌康受完军训回来的时候？好像是。然后，有一天，她回家很晚，因为下雨，因为在图书馆耽误了……不，因为第一次见到安骋远，安公子……那个会说会笑会闹的大男孩！她闭上眼睛，安骋远的名字从她心底细细地划过去，细细地留下一道刻痕。认识安骋远快两个月了，两个月来，这大男孩总是想尽办法请她吃晚饭，她吃过三次，只有三次！因为她知道巧眉在等她回家吃晚饭，她不忍心让巧眉孤独。怎么？她蓦地睁开眼睛来，那该死的凌康，他居然填补不了巧眉心中的空隙吗？五年了！她从齿缝中吸气，五年了。凌康，你该死，你混蛋，你可恶！你招惹了姐姐，再移情于妹妹……然后，你让五年的时间荒度！为什么？为什么凌康态度模棱，巧眉日渐憔悴？该死！她从床上惊跳起来，凌康或

者有兴趣和一个盲女交朋友，但是，经过了五年的考验，他面对的不再是游戏，而是婚姻和成家立业，他会要一个盲女做太太吗？他会让一个盲女来妨碍他的前程吗？

琴房里的琴声抑扬顿挫，荡气回肠——那凄凉的琴声在清晨的空气中回荡，震痛了嫣然的神经。巧眉的琴实在弹得好，教她弹琴的陈老师就说过，难得她能仅凭记忆，背出那么长的谱，而弹奏时，连1C16音符的差别她都不会错。让她学琴，这是爸爸的主意，只有音乐，是可以用耳朵来听，来记忆。只有琴键，是触摸敲击就能发出声音。

"学琴可以让她有点寄托！可以让她灰暗的生活里起码有音乐！"卫仰贤说。那是在巧眉看遍所有医生，断定无法恢复视觉的时候，那年巧眉八岁。八岁学琴，一转眼，也学了十三年了。最初，嫣然也跟着学，但，她的琴反而没有巧眉弹得好，巧眉心无二用，每天摸着琴，牢记那每个琴键的位置，不厌其烦地去一遍一遍地弹。她的领悟力太强，音乐的感受力更强。她抓住了琴键中的感情和生命。嫣然也爱音乐，也爱弹钢琴，她还去音乐社学过吉他和电子琴。在外行人耳朵里听起来，她的琴也能唬唬人了，只是，和巧眉一比，她就自惭形秽。

《悲怆》一遍又一遍地重复着。

嫣然翻身起床，去浴室匆匆梳洗。然后，她悄悄打开卧室的门，往琴房走去。要到琴房，必须先经过客厅，她光着脚在地毯上走，不敢惊醒父母。但是，才到客厅，她就怔了怔，兰婷正一个人蜷在一张大沙发中，她在倾听那琴声，神情专注而沉痛，她的眼眶是潮湿的。

"妈！"嫣然低呼一声，不由自主地奔过去，跪在沙发前面，抱住了母亲，"妈，你怎么——你哭过了！"

"嘘！"兰婷低声轻嘘，把嫣然拥在胸前，她的下巴贴着嫣然那乌黑的头发。很久了，很久以来，母女之间没有这样亲昵地依偎过，"不要打扰她，让她弹，她需要发泄！"

"妈，"嫣然抬起头来，凝视母亲，"她最近很不快乐，是不是？"

"我……我不知道。"兰婷虚弱地说，"她一直伪装得很好，她已经尽了她的能力，在努力表现快活。可是，她……她……"兰婷忍不住冲口而出，"她实在可怜！"

嫣然闭上眼睛，有一阵晕眩袭击了她，使她的心脏猛地痉挛成了一团。

"对不起，妈妈，"她低语，"对不起，妈妈！"

兰婷惊痛得战栗了一下，怎么？她不该说这句话，太不该了！她不要嫣然伤心，她不要嫣然有犯罪感！她不要嫣然终身背负着这歉疚！她急切地搂住嫣然，急切地想安慰她："不要说对不起，嫣然，没你的事！你千万不可以为巧眉太操心，你没有做错过什么……"

"妈妈！"嫣然轻声地打断了母亲，抬头仔细地、深深地凝视母亲的眼睛，她用同情的、了解的、真切的、哀伤的语气说，"可怜的妈妈！你又要伤心小女儿的失明，你又要担心大女儿的犯罪感。哦，妈妈，你比我们更可怜！更可怜。"

泪水一下子冲进兰婷的眼眶里。

"不，我不可怜，"她急促地说，"我有两个这么优秀的女儿，这么善良温驯而可爱的女儿，如果我还不满意，我就太不知足了！"

嫣然更深刻地看着兰婷。哦，妈妈！她心里在想着，你是可怜的，你也是不满足的！你永远在痛恨久远前那个春天的早晨，在那个早晨里，你失去了小女儿明亮的眼睛、大女儿活泼快乐的心境，你还失去了你渴盼已久的小儿子！一下子，你失去了三件珍宝！哦，妈妈，可怜的妈妈！这一切一切，只毁在你大女儿那双手上！

兰婷伸手抚摸嫣然的头发，试着去读她的思想。

"嫣然，帮我一个忙。"她说。

"是的，妈妈。"嫣然顺从地回答。

"你一定要快乐，要尽量去快乐。"

"好的，妈妈。"嫣然说，从她身边站了起来。

"你要去哪儿？"

"去琴房。"嫣然坚定地说，"我要去和巧眉谈一谈，我要找出她在烦恼什么。"

兰婷沉思了片刻，她知道这姐妹两人自小就有种灵犀相通的默契。她点了点头："去吧！我到厨房去帮你们弄早餐。"

嫣然走进了琴房。

第三章

巧眉穿着件淡紫色的长睡袍，坐在钢琴前面，披着一肩长发，巧眉的服装，都是嫣然一手挑选的，巧眉对颜色和式样一概无知。嫣然很细心地选了紫色系来为巧眉装扮。很早开始，嫣然就欣赏淡淡雅雅的紫，觉得再没有比这颜色更适合巧眉的了，它使她的黑发显得更黑，面颊显得更嫩，连那大大的无光的眼睛，都被紫色映得雾蒙蒙的，像湖面凌晨时分反映的曙光。因此，巧眉的内衣、睡衣、洋装、长裤、外套、毛衣……所有服装，全是深深浅浅的紫。而嫣然自己，从不穿紫色，最美的颜色该留给巧眉。她穿黑的、白的、灰的、咖啡色的……她生命里不该有鲜艳的颜色，因为巧眉的生命里没有！她最排斥红色，使她联想到多年前那个早晨……从巧眉后脑涌出的鲜血，溅满了她的手、她白色的衣裳。

嫣然的脚步惊动了巧眉，琴声戛然而止。

巧眉慢慢地从琴凳上转过身子。

"姐姐？"她问。

"是的。"嫣然走过去，把双手放在巧眉肩上，虽然她故意举动都带出了声音，巧眉仍然被她的手微微吓了一跳。她温柔地扶着巧眉的肩，低头仔细看巧眉的脸。巧眉瘦了，她心痛地发现她瘦而单薄。"巧眉，"她沉声问，"你昨夜没睡好？"

"睡不着。"巧眉坦白地回答。

"为什么？"

"我也不知道，就是睡不着。我越想早点睡着，就越睡不着。翻来覆去的，一会儿觉得棉被太热，一会儿又觉得太冷，反正就是睡不着。"

"怎么不来找我呢？以前你睡不着，不都是来找我吗？聊聊天，讲讲故事，就睡着了。"

"不行，"巧眉轻轻地摇摇头，"你现在要上班，早出晚归，很累很累了。凌康说，我不能总是缠住你、依赖你！"

"凌康说？"她有些生气了，"他还说了些什么？"

"他说……他说……"她嗫嚅着。

"他说什么？"嫣然追问。

"他说我这样很不好。他说你有你的生活，我会妨碍你、牵累你！"

"他这么说吗？"她更生气了，"他没有权利对你说这些话！他胡说八道！巧眉，你从来不会妨碍我、牵累我，你千万不要听他的……"

"他说的有道理。"巧眉静静地接口，脸上浮起一层温柔的悲哀，"我确实在——妨碍你，前一阵，凌康和我谈起……姐姐，"她顿了顿，"你知道，你认识凌康已经五年多了。"

嫣然微微一愣。

"怎样呢？"她问。

"姐姐，我们……都长大了，是不是？"

"巧眉，"嫣然皱了皱眉头，"你想说什么？为什么不直接说出来呢？"

"我想说……"巧眉迟疑着，欲言又止。

"说呀！"嫣然鼓励着，"告诉我！我们姐妹间没有秘密。你说出来吧！免得憋在心里睡不着觉！"

"我说出来，你不要生气。"

"我跟你生过气吗？"嫣然惊讶地问。

"好，那我就说出来，我想问你，你为什么让凌康等了这么久？你预备一辈子不出嫁，守着我？"

嫣然惊跳，她的手从巧眉肩上移开了，不自禁地，她退后了两步，打量着巧眉。巧眉扶着钢琴站起来了，她盈盈而立，面颊上，是一片坦荡荡的真挚、一片最最纯洁的温柔。

"哦！"好半天，嫣然才呼出一口气来，"你怎么会问我这样一个问题，你真……吓了我一跳。我不知道凌康对你说了些什么鬼话，他显然引你……"她咽住了，瞪视着巧眉，有些惊悸地想着凌康，他在干什么？他想摆脱巧眉了？他故意引她走入歧途！该死！她心中疯狂地转着念头：要找凌康去！

要去问问清楚！

"姐姐？"巧眉小心翼翼地问："你生气了？"

"有一些。"嫣然说，"不是对你，是对凌康！"

"怎么呢？"巧眉不解地。

"巧眉，"嫣然清清楚楚地问，"你喜欢凌康吗？"

"姐姐，"巧眉清清楚楚地反问，"你呢？你喜欢凌康吗？"

嫣然深抽了口气，注视巧眉。第一次，姐妹二人间有种奇妙的紧张。喜欢凌康吗？嫣然怵动地想着，那是她生命中的第一个男孩子！她为他心跳过，为他失眠过，为他脸红过，为他期待过……他和她之间，也有过一段很短暂的欢乐，像昙花一现就凋谢了，因为——那个凌康见到了巧眉，心神就全被摄走了！虽然，那时的巧眉，还只是个发育未全的孩子！

"姐姐，"巧眉静静地开了口，带着种令人心碎的体贴，"以前，我只是一个小孩，我想，我的心智成熟得比较晚，一直到最近，我才慢慢体会过来。姐，你喜欢他，你不能否认的，是不是？你不能对我不诚实！"

"我……"嫣然的脸涨红了，她结舌地想解释，又不知从何说起，"我……我跟你说……"

"不，我跟你说，"巧眉打断了她，微笑着，"我喜欢凌康，但是，不是那种喜欢，不是男女间的喜欢……如果他成为我的姐夫，我会非常高兴！"

"哦，老天！"嫣然啼笑皆非地喊着，头都搅昏了，思想都弄乱了，她简直不知道该说什么，该怎么办。可是，她看到巧眉那纤长的手指，在琴盖上轻轻地颤动，抬起头，她凝视巧眉，巧眉的笑容多么虚幻！她在装假！老天！她在装假！

她怕伤害姐姐吗？她怕的，她一直怕的！这就是问题的症结了，这就是巧眉会失眠会消瘦的原因了！如果你爱上你姐姐的男朋友，你也会失眠的！她想通了，释然了，奔过去，她给了巧眉一个紧紧的拥抱，笑着说："你真会胡思乱想啊，巧眉。我现在不跟你说什么，我要赶快吃点东西去上班，晚上，我回家再跟你好好谈！"

她牵着妹妹的手，走出琴房，去吃早餐。

这天上班的时候，她一直心神恍惚。中午，她拨了一个电话给凌康，凌康出去吃饭了。下午，她再拨一个电话到杂志社，凌康又出去会见一个作家了。然后，她忙碌了起来，借书还书的人一大堆。有个学生把整本《世界奇观》里的彩色页全撕走了，把剩下的文字部分拿来还给她，让她大费周折，她要取消那学生的借书证，学生却坚称那些彩色页"早就被撕掉了"。一件死无对证的事，最后，嫣然只得记下这学生的数据，以后借书给他，必须先注明页数和彩色页，真麻烦。

下班的时候，安骋远出现了。

"嫣然，我买了辆新车！"安骋远兴冲冲地说，"来，我带你去游车河、吃晚饭，我们开瓶香槟，庆祝一下！今天是个很伟大的日子！"

"哦，不行。"嫣然记挂着巧眉和凌康的事，"我有事！明天再跟你吃饭！""可是，明天不是我的生日！"安骋远憋着气说。

"呃，这样的吗？"嫣然望着他，安骋远正皱眉头、皱鼻子又皱嘴巴的，他那深黝的眼神带着祈求。她软化了："好吧！让我先打个电话回家！"

他伸手一把按在电话机上。

"不许打电话！"他说，"你每次打电话回家，就会取消跟我的约会，你家里的人舌头上都有钩子，透过电话都会把你钩回去，我怕你家那些人，也怕你打电话！"

他说得有趣，她笑了。

"我家的人都很可爱。"她说。

"我相信。"他回答，"能够出产你这种女孩的家庭一定不平凡！但是，你还是先跟我去吃饭吧！电话呢？吃饭的时候再打，好不好？不在乎这么几十分钟！""好吧！"她笑着拿起皮包。

走出图书馆，她就看到了他的"新车"，一辆油漆斑驳，颜色蓝不像蓝、灰不像灰的车子。前面安全杠是弯的，尾灯是破的，车门凹进去一大块，天线折断，车轮已经磨得纹路都没有了。她愕然地望着这个"小怪物"，说："你从哪一个垃圾场找来的车子？"

安骋远走去开车门，手放在门柄上，他正视她，很严肃、很认真、很受伤地说："这是我有生以来的第一辆车！我告诉你，我家不富有，我爸是个教授，我有兄弟姐妹四个，父母养活我们不容易。我二十岁就学会开车，一心一意想要辆车，直到现在，我工作了一年，积蓄了五万块钱，五万元台币买的车，不会很豪华，不可能是奔驰或凯迪拉克，但是，对我而言，它是很珍贵的。"

嫣然收起了笑，很感动。

"对不起，我并没有意思嘲笑它。"

他点点头，很严肃地一拉车门，门柄立刻脱落，他抓着光秃秃的门柄，后退了两步才站定，他举起那门柄来，不相信似的看着。嫣然瞪大眼睛，拼了命要忍住唇边的笑意。安公子低低叽咕了一句什么听不清的诅咒，他走过去，总算打开了车门。

嫣然钻进车子。

安公子坐上驾驶座，嘴巴里还在叽里咕噜。嫣然怕伤他自尊，努力不去注意车子的破旧，也不去注意他的诅咒。安骋远发动了车子，车子发出一阵咳嗽："喀喀喀喀喀！喀！喀，喀！喀喀——喀！"

车子在咳嗽中颠了几下屁股，就从咳嗽转为一声长长的埋怨："气！气！气——"一"气"之下，车子就不动了。

安骋远瞪着驾驶盘。

"混蛋！"他对驾驶盘说，"你给我争点面子行不行？人家在女朋友面前献宝呢！你怎么耍个性呢！要闹脾气，也不能在这个节骨眼上闹呀！"

嫣然咬紧嘴唇，转眼去看窗外的街道。笑意已经压在齿缝中了。

安骋远再发动车子，车子又开始咳嗽，咳得人心惊胆战。

经过一番又咳又喘又叹气之后，它再度颠起屁股来，颠完屁股就从鼻子里喷气，好像是水蒸气龙头似的……然后，终于，车子"呼"的一声往前冲去了。安骋远欢呼了一声："啊哈！会动了！会动了！"

嫣然如释重负，回头看他。他转着驾驶盘，忽然大笑起来，边笑边说："我的老天爷，不盖你，急得我冷汗都冒出来了！"

被他这样一笑，嫣然也再忍不住，跟着一起笑开了。他们在车子里不停地笑着，笑得什么忧愁烦恼和心事都忘了。车子平稳地向前驶去，居然不再闹脾气，把他们安安稳稳地送上了北淡公路。

"你要开到哪里去？"嫣然惊异地问。

"淡水。我们去淡水吃海鲜，看渔船出海，看沙滩海浪和岩石。"

"不会太远吗？"

"远？什么意思？"安公子皱眉头，"从台北开车到淡水，来回也不过一小时！"

嫣然耸耸肩，心里想：天灵灵，地灵灵，你这老爷车可别抛锚！否则，别说一小时，多少小时都没用！车子往前驶去，似乎听到嫣然的祝祷，它平平安安地到达了淡水镇。

安骋远停好车子，和嫣然走进了一家靠海边、有阁楼的海鲜店，在靠窗的雅座上坐了下来。倚着窗子，可以看海，几艘渔船在遥远的海面漂荡，落日刚刚沉落，天空被彩霞染红了，连海水都红了。有几只白色的海鸥，在岩石上低低地飞翔。

"这儿没有香槟,"安骋远说,"我们用啤酒来代替好不好?毕竟,今天是个不平凡的日子!"

嫣然点点头。

啤酒送来了。桌上还有新鲜的乌贼、虾、蛤蜊和红鱼,嫣然端起酒杯,对安骋远诚心诚意地说:"祝你生日快乐!"

"呃!"安公子喝了一口酒,含笑看她,"谁告诉你今天是我生日?"

嫣然大为惊讶。

"你不是说,明天不是你的生日吗?"

"是呀,"他扬着眉毛,"明天不是我的生日,并不代表今天是我的生日呀!我只说,今天是个伟大的、特殊的、不平凡的日子!"

"哦,"嫣然瞪着他,"今天是什么日子?"

"一个纪念日。"

"哦?"

"我和你认识到今天,刚好是五十三天。"他看看表,"严格说,是五十三天零四小时又二十五分钟。那天是五月二十日,星期三下午两点半。我每星期三下午都放假,所以去图书馆借书,你那天穿了件雪白雪白的丝衬衫,领子上滚着大荷叶边,一件同质料的裙子。你坐在柜台里面,若有所思,眼睛望着窗子,窗玻璃上都是雨珠,你只是静悄悄地看着,眼光好温柔好温柔,神情好沉静好沉静,我必须鼓起勇气,很残忍地把你从遥远的世界中拉回到现实。我从不在刚认识的女孩面前失态，但，那天，你让我很失态，我记得，我拼命卖弄文学知识，只是想给你加深印象。而你回答了我几句话，却使我又惊奇又惊喜，我回到家里，傻瓜兮兮地拿了一把伞，又在图书馆门口站了足足一小时。从那天到现在，是五十三天四小时又二十五分，不，二十七分钟了。"

她听着他这篇话，惊奇，感动，而迷惑。

"五十三天！"她喃喃地说，"为什么五十三天是纪念日？"

"因为它不是五十二也不是五十四，因为它正好是五十三！因为——每一个认识你以后的日子都是纪念日！明天我们庆祝五十四天，后天我们庆祝五十五天，大后天我们庆祝五十六天！"

她凝视他，眼眶湿润。

"你太会说话！"她叹息地，"你这种男孩子很可怕，请你坦白告诉我，你这一套纪念日，有没有和其他女孩子共度过？"

他啜了一口酒，紧盯着她，眼光炽烈，神情虔诚，虔诚得像面对自己宗教上的神祇。

"我发誓，你是唯一的一个！"

"哦！"她轻叹。眼眶更湿了，她大大地喝了一口酒。真的，这是个纪念日，纪念日应该干杯。这一刻，她忘了凌康，忘了巧眉，忘了打电话，忘了父母，忘了很多很多东西，她心目中只有面前这个人：安骋远。

接下来，是一个最最难忘的晚上。

那真是个充满了温馨、充满了激荡、充满了柔情的夜，令人永难忘怀的夜。

吃完了海鲜，嫣然已有些薄醉，她坚称鱼虾中有料酒，这料酒加上两杯啤酒，就使她醉了。安骋远说他也醉了，他醉是因为她醉了。

"你为酒醉，我为人醉。"他说。

她摇头叹气，对他的擅长言辞而感到惊讶。然后，他挽着她，他们信步穿过淡水镇，沿着新建的滨海公路散起步来。

海洋就在身边浩瀚地波动，浪花扑打岩石，发出汹涌澎湃的声浪，气魄万千。而天际，月亮只有一点小牙儿，还忽隐忽现的。但，星星呢，却满天满天地璀璨，在黑暗的穹苍里放射着迷人的光亮。水面，是黑色锦缎般的流动玻璃，仿佛有许多星星跌进了海里，跌碎了，就在海中也璀璨起来了，把海面点缀着无数闪烁的光点。

他们终于在海边一块大岩石上坐下来了。海风扑面吹来，有些凉意，他把他身上的外衣脱下来，披在她的肩上。她微侧侧头，下巴就碰着外套的衣领，他衣服上有种男性的味道，她第一次接触这种味道，像海风的韵味，咸咸的，粗暴而又温柔的。他紧偎在她身边，用他大大的手掌握着她的手。他弓着膝，头半倚在膝上，半转向她。他的眼睛在夜色中闪烁。

"我有没有告诉过你，有关我所有的一切？"他问。

"你填过一张表，你陆续也说过，我想，我对你已经知道得很多了。"

"哦，不，不。"他静静地说，"那是太少太少了。让我告诉你，我是家里最小的儿子，我上面有一个哥哥，两个姐姐，都已经结婚了。我妈四十岁那年才生下我，所以我父母都是七十岁左右的人了。我爸在大学教文学，母亲是典型的贤妻良母，他们中年得子，对我这个小儿子宠爱得无以复加，完全达到溺爱的程度。尤其，哥哥姐姐们结婚以后，都搬出去成立小家庭了，爸妈就更疼我了……"

"为什么要告诉我这些？"她轻声打断他，这夜色，这海边，这星光，这醉人的海风轻拂下，谈家世未免有些扫兴。

"因为你需要了解我的家庭，"他清晰地说，抬起头来，他伸手托起她的下巴，使她面对自己，"因为——我计划在这几天内，带你回我家去。"他紧盯着她的眼睛，"因为我也要我的父母认识你！"

她有些不安，挣脱了他的手，她转头去看海。

"你未免太急了吧！我并不想去你家，我并不想见你父母，我认为——我们认识的时间还太短，我觉得，我几乎还不太了解你！"

"你刚刚才说，你对我知道得已经很多了。"

"知道和了解是两回事，我知道海水是咸的，不了解它为什么是咸的。我知道蝙蝠洞里的蝙蝠昼伏夜出，不了解它们为什么昼伏夜出。我知道海滩都是细沙，不了解为什么都是细沙。我知道安骋远二十七岁，能言善道，未婚。不了解他为什么到二十七岁，能言善道，还未婚？"

他注视了她好长一会儿。

"因为以前没遇到你。"

她涨红了脸。

"外交辞令！你知道吗？当你撒谎的时候，你会讲得一点诚心都没有。而且，我提出这个问题来，并不是在向你……在向你求婚，你别自作多情呵！"

他凝视她，沉默了片刻，然后转头望着大海。

"小时候，我是个很害羞的孩子，我不敢和女生说话，怕被哥哥姐姐取笑。进大学，我到了台南，第一次离开了台北的家。第一次学习独立，学习生活，学习接触同学。那时我和现在不一样，现在的我比较坚强，比较成熟。那时候，我仍然乳臭未干，我很想家，想父母，对住校极端地不习惯。这时，有位大三的学姐，比我大两岁，因为同系，她常常照顾我。有次我们去露营，带的棉被不够，我坐在火边发抖，她居然去偷了一条同学的棉被来裹住我。于是，我对她就大大地倾倒起来。"

"哦，"她喉中哽了哽，"毕竟，你那套纪念日还是和别人先度过了的！"

"我发誓没有！"他低嚷，有些急促，"我可以不告诉你这件事，你也不会知道有这么件事，但我不愿对一个我在认真的女孩有所隐瞒。你听我说，我和那学姐交往了一阵。她比我老练太多了！她是系花，拜倒在她牛仔裤下的男生可以组成军队，她的恋爱故事足以写上一百万字。但是，我对她完全不了解，我很嫩，很幼稚，很傻。她教了我许多事，包括——接吻，和肌肤之亲。然后，她甩掉了我，又找上别人了，这让我痛苦了好长一段时间……"他深抽口气，低垂下头去。

"……这是我唯一的恋爱史，从此，我很怕女人，也不想追求任何女人，我有保护色，我怕再受到伤害，直到我认识你。五十三天前！保护色也不见了，害怕也忘了，什么话都敢说了……好像一只重生的火鸟。"

"火鸟？"

"相传有一种鸟叫火鸟，它是永生不死的。但，它的生命只能维持五百年，到五百年的时候，它就把自己投身到烈火里烧成灰烬，这灰烬就变成一只重生的火鸟，再活五百年。"

"你是重生的火鸟？"

"为你重生。要为你活五百年。"

"你不怕又遇到第二次伤害？如果你和我也无疾而终，你就可以再烧一遍，变成第三次重生的火鸟。噢，"她微带伤感地低呼，"火鸟是永生不死的，你大可左烧一次，右烧一次！"

他握住了她的手腕，把她粗暴地拉向自己，他的眼睛死死地盯着她，里面冒着炽烈的火焰。

"我在向你诚心诚意地坦白我自己，这些事，我连对我的父母、兄弟姐妹、至亲好友，都没透露过一个字！你不能嘲弄我。你回忆一下看，我们认识以来，我都是嘻嘻哈哈的，爱笑爱胡扯的……我几时这么坦白过！"

她迎视着他的目光，她眼里有激动，有热情，有温柔，还有份令人难解的悲伤……这眼光使他心脏狂跳了，使他血液沸腾了。他无法思想，无法在这眼光下静止不动，他俯下头来，轻轻地吻住了她的唇。

她不动，身子几乎是僵的，嘴唇哆嗦着，冰冷而无生气地紧闭着，鼻子里沉重地呼吸着，她似乎有些不知所措。

他推开她，抬起头来，再度凝视她的脸庞、她的眼睛、她的嘴唇。他用手捧着她的脸，用大拇指抚摸着她那娇娇嫩嫩的皮肤。他眼里闪着受伤的困惑，低低地问："你不愿意？如果你觉得这是一种冒犯，我不会勉强你。"

她的眼睛大大地睁着，里面闪烁着一股无辜的委屈。

"这不公平，"她从齿缝里轻哼着，面颊变得滚烫了，睫毛悄悄地垂下来，半掩住那纯净的眸子，"这不公平，你有接吻的经验，而我——没有。我嫉妒那个女孩！"

他大大地喘口气，心中竟然被一种狂喜的浪潮所鼓动了。

自私呵，男人！你因为她是这么"纯洁"而狂喜了，而意外了。他不由自主地，把她一把就揽进了怀中。用双手温柔地拥抱着她，让她的头埋在他的胸前。他把嘴唇贴着她的鬓边，在她耳畔低语："你这么漂亮，在大学四年中，没有男孩子追过你吗？没有男孩子接近过你吗？"他想起一个名字：凌康，还是康凌？

她曾在纸上涂抹这名字，凌康命运等于什么？凌康命运一定不等于嫣然！

"唔，"她轻哼着，"有——男孩子追我，可是，我没有给他们这种机会。"她答得有些言不由衷，事实上，她愿意给凌康机会的，但，凌康没有选择她。

他再度扶起她的头来，给了她一个长长久久的凝视。他的眼神那样专注，那样诚挚，那样热烈，那样温柔，又那样带着千万种细腻的真情……使她几乎被这眼光烧融了。她低声叹息，他再度捉住了那微张的嘴唇。

她的身子不再僵硬了，她的嘴唇不再冰冷了，她不再颤抖瑟缩了。她的心思轻飘飘的，神志轻飘飘的，灵魂也轻飘飘的，耳边，只听到夜风亲吻着海洋的声音，幽柔如梦，美好如歌。

这晚，在嫣然的生命中是崭新的一页。但，当她和安骋远在海边缠绵的时候，她却做梦也没想到，在卫家，巧眉和凌康终于掀起了埋伏五年之久的风浪。

第四章

凌康是晚饭之后才到卫家的。

一走进卫家客厅，凌康就感到气氛有点不大对。卫仰贤在不停地拨电话，兰婷不安地在沙发中等着，巧眉满脸的焦灼，不住口地说："爸，你打电话给馆长嘛！给她那同事方小姐也可以！姐姐从来不会这样不打电话，也不回家的！"

卫仰贤放下电话。

"没有用！"卫仰贤说，"图书馆早就下班了，没人接电话了！"

"怎么回事？"凌康站在客厅中问。

"噢，凌康！"巧眉听到他的声音，如同来了救兵似的，"你是不是跟姐姐在一起？"

"没有呀。"

"那么，拜托你开车去一趟图书馆，看看姐姐为什么还不回家？"

凌康蹙蹙眉，看着卫仰贤。

"卫伯伯，有这么严重吗？"他问，"嫣然不是小孩子了，现在才晚上八点多钟，她很可能和同事去吃吃饭，看看电影再回来，我保证她不会失踪。"

"真的，"卫仰贤接口，"我也觉得不会有事，那么大的人总会照顾自己！"

"可是，"巧眉不安地蹙紧眉头，"她该打电话回来的！她每次都会打电话回来的。"

"巧眉，"兰婷注视巧眉，又看看凌康，心中若有所思，"或者，你姐姐故意不打电话回来，她大了，独立了，不需要一举一动都向家里报告。何况，如果她打电话回家，你又会央求她回家来了！"

"哦！"巧眉怔着，然后，慢慢地，她低下头去。好半天，她没说话。终于，兰婷忍不住说："好吧，我有方小姐家里的电话，我打去问问吧！"

她打通了方家的电话，找到了方小姐，也谈了好一些，然后，兰婷放下听筒。"安心吧，巧眉，你姐姐没失踪，她和一位朋友一起走了。方小姐说，好像是去参加那朋友的生日晚会！她听到那男孩子说过生日什么的。"

"男孩子？"巧眉一惊，"是小男孩吗？五六岁大的小男孩吗？"

"不，好像是个二十几岁的大男孩！"

"哦！"巧眉嗒然若失地应了一声，似乎非常不自在。兰婷和卫仰贤交换了一个视线，两人都显得心事重重。凌康耸耸肩，说话了："好了，巧眉，你别再担心了。"

"嗯，"巧眉哼着，往琴房走去，"我想去弹琴。"

凌康不由自主地跟着她，走到琴房门口，巧眉倏然回过头来，问："凌康?""嗯。"

"好吧!"巧眉咬咬嘴唇，语气柔和，"凌康，你进来，我想和你谈谈天。"凌康大喜过望，他回头看卫仰贤夫妇，他们给了他一个鼓励的眼色。于是，他怀着又惊又喜又疑又兴奋又激动的心情，跟着巧眉走进了琴房。关上房门，巧眉没有到钢琴边去，却直接走往窗前的沙发，坐了下来。不但如此，她还拍了拍身旁的位子，示意凌康坐下去。

凌康坐了，他注视着巧眉，渴望而痛楚地注视着巧眉。可惜巧眉不能看，否则，这样的眼光会泄露内心所有的秘密，这样的眼光可以让人心痛心碎。

"凌康，"巧眉的声音有些轻颤，她坐在那儿，紫色小碎花衬衫，紫色圆裙，像朵小小的菱角花，她双手在裙褶中互绞着，不安地玩弄着自己的手指，"我可不可以跟你讲几句内心的话?"

"唉!"凌康长叹，"你可以讲几百句，讲几千句，讲几万句。"

"没有那么多，"巧眉垂下头去，手指开始缠绕腰间的丝带，"我只要说几句，是我早就想和你说的话，我是很诚心来说，你一定要听我!"

"嗯。"凌康紧紧地注视她，发现她脸色变得苍白了，嘴唇的血色也失去了，他有些惊惧起来，"说吧! 巧眉，我也会诚心诚意地听！"

"凌——凌康，"她嗫嚅起来，困难地说，"你是姐姐的同学，是姐姐的朋友，五年以来，你出入我家，好像是我家的一份子，但是，你却和姐姐疏远了，为什么？"

他静默片刻。

"你知道原因，巧眉。"他苦恼地说，心痛地看着她，"你一直在逃避这原因，你知道得很清楚，我不可能同时爱两个女孩。从你十六岁，我就在等你长大。你和我一样清楚，一样明白——"他开始激动，语气加重了，一句压抑了五年的话终于冲口而出："我爱的是你！巧眉！我要你！我爱你！爱了五年了！"

巧眉面颊上最后的血色也褪掉了，她像纸一般苍白。

"你不能爱我，我是个瞎子！"

"我能爱你！我不在乎你是瞎子还是聋子！我已经爱了你！而且，我要娶你！"

她往沙发深处缩进去，他再也忍不住，伸手一把握住了她的手。这举动又使她大吃了一惊，她惊惶得差点叫出来，奋力挣扎着想拔出自己的手来，他握牢她，不许她挣扎，不许她移动。

"巧眉，"他急切地说，"听我说，眼睛失明并不是非常可怕的事，你不用自卑，不用害怕，你仍然可以过正常的生活，仍然可以恋爱和结婚。我会用我有生之年，来保护你，来照顾你，给你幸福和快乐……"

"你……你不懂，"巧眉气结地挣扎，泪珠涌进了眼眶，她费力地想逃出他的掌握，"你完全不懂！"

"我不懂什么，你说！"他按住她。

"你不能爱我，因为你是姐姐的男朋友！如果我抢了姐姐的爱人，我会死无葬身之地！"

他大惊，死瞪着她。

"巧眉，"他愕然地说，"我和你姐姐间早有默契了，她知道我是为你而来，她一直知道！"

"所以，你让她痛苦，让她不愿回家，让她不愿面对我！你成了我和姐姐间的绊脚石！你离间了我们姐妹的感情！你！你先追姐姐的！你没有良心，你见异思迁！你怎么能这样对姐姐？"

凌康又惊又急又恼又痛。

"巧眉，你心里只有姐姐没有自己吗？你又怎么知道你姐姐为我痛苦？为我不愿回家？"

"她说的！"

"什么？"凌康大惊失色，"不可能！绝不可能！"

"你这个混球！"巧眉大骂，泪珠滚出了眼眶，"今天早上，姐姐特地来琴房找我，就在这房间里，我们谈了好多话，她总算对我承认了，她喜欢你！你问我心里只有姐姐吗？我告诉你，一直不是我心里只有姐姐，而是姐姐心里只有我。从我六岁受伤失明，姐姐就背上了十字架，她一直在牺牲，她一直在为我做各种事，买衣服，买缎带，买棉被，买点字的书籍，买我爱吃的、爱玩的、爱听的唱片……她不知不觉地做这些，几乎变成习惯性地在做，你说我依赖她，是的，我是依赖她，因为只有她最了解我！然后，她发现你转移目标了，你居然喜欢了那个可怜的、失明的妹妹！于是，她除了退到一边默默忍受以外，她还能怎样？她只能把你让给我！哪怕你是她的全世界，她也会让给我！你懂了吗？"

"慢慢来，巧眉，"凌康努力整理着纷乱的思想，努力想去分析她的话，"你确定嫣然说她要我？"

"她当然不会说她要你！"她气急地，"她以为我要你！她怎么还会说要你！"

"那么，"他憋着气说，"那只是你的猜测！我或者伤害过嫣然，但，那已经是五年前的事了！巧眉，巧眉，你不要再作茧自缚了！你想得太多了！你知道，这五年来，我心里只有你吗？你知道我快被你折磨成粉成灰了吗？你知道我爱得有多苦恼和无助吗？……"

她靠在沙发中，嘴唇颤抖，面色苍白，她努力呼吸，胸腔剧烈地起伏着，她那被泪水浸透的眼睛更雾了，一滴泪珠静悄悄地滑落到唇角，停在嘴角边颤动……这使凌康心动得要疯了，他不顾一切地扑过去，把嘴唇压在她唇边的泪珠上。

巧眉惊跳起来，又怒又怕又恨，她说了那么多，他居然还胆敢来碰她，她想也没想，伸手就给了他一耳光。

那耳光清脆地挥在他面颊上，凌康怔住了。巧眉也怔住了，她并没料到自己这一耳光会打得这么准。而且，她生平还没打过人，这使她狼狈而自惭了。她不由自主地往后退，一直退到钢琴边去了。

凌康呆呆地望着她，被她这一打而打醒了，他站在那儿，一动也不动，只是仔细地注视她。

"对……对不起。"终于，她吞吞吐吐地说。

"不用说对不起，"他哑声说，"我想是我太鲁莽了！我必须学习对你慢慢来……"

"你必须学习对姐姐快快来。"她轻哼着。

怎么？又绕回老题目上去了。凌康用手撑着头，觉得简直要崩溃了。

"巧眉，让我坦白跟你说吧，不管有你，还是没有你，我和你姐姐之间，都没戏可唱了！世界上，什么事都可以勉强，只有爱情，不能勉强！"

她默然挺立，好一会儿，她脸上没有表情，像一尊大理石的雕像。然后，她轻轻地开了口："你知道爱情不能勉强？"

"是的。"

"那么，你又何必勉强我呢？"

他的脸唰地变白了。

"巧眉！"他低喊。

"我不爱你，凌康。"她清楚而残忍地说，"我一直把你当成我未来的姐夫，我对你的感情仅止于此。我想，我们以后，不要再纠缠不清了！"

他有几秒钟不能呼吸，然后，他毅然地一甩头，走出了那间琴房，重重地带上了房门。

他几乎没看到卫氏夫妇，穿过客厅，他僵硬地、径直地、头也不回地走出了卫家的大门。

嫣然当晚就知道了凌康盛怒而去的事。

她回家已经很晚了，但是，兰婷仍然待在客厅里没有睡，坐在沙发中，她怀里捧着本翻译小说《不饮更何待》，却一个字也没看，她在等嫣然。卫仰贤本也不想睡，但是第二天还要去南部的工厂，他一直在经营手工艺品的生产和外销，这使他必须南部北部两头跑，工厂在南部，外销的办公厅却在台北。所以，他被兰婷逼去睡了。

嫣然是被一辆像坦克车似的嘎嘎作声的怪车送回来的。

兰婷克制自己不去花园里探看什么。嫣然走进了客厅，面色红润，眼睛闪亮，浑身绽放着青春的、醉人的、几乎是璀璨的光华。

"噢，妈妈！"嫣然欢然地惊呼，这时才想起来，她整晚都忘了打电话，本来嘛，海边没有公用电话亭，"希望你不是在等我！"

"我当然是在等你。"兰婷说，宠爱地看着嫣然，"看样子，你过了一个很好的晚上，方小姐说，你去参加朋友的生日晚会了。"

"唔。"她含糊地低应，幸好方洁心看到她和安公子一起出去，她敢说，方洁心也很欣赏安公子。安骁远最近一直是"砚耕"的常客，借书还书地忙得不亦乐乎。方洁心曾经笑着对嫣然说："如果你不要他，让给我啊！"

"你不是已经有了'罩得住'了吗？"

"罩得住"姓赵，是砚耕的图书管理组主任，他真正的名字叫赵德高，全图书馆的员工却都称其为"罩得住"。他和方洁心早已出双入对，只差没办喜事了。

"哈!"方洁心笑嘻嘻地说,"那安公子对我从没正眼看过,好像全图书馆只有你一个管理员。假若他也肯跟我谈什么沙士汽水、拖儿死太……我那个罩得住就怕罩不住了!"

拖儿死太,这也是安骋远的绝事。有次他来借书,正好有个学生在和嫣然扯不清,那学生坚持要借一本"陀思妥耶夫斯基"的《战争与和平》,说是学校里指定的"课外参考书",要他们研究"俄国文学"。安骋远在一边听到了,忍不住就插了嘴:"陀思妥耶夫斯基最有名的作品是《兄弟们》,他可没写过什么《战争与和平》。那本《战争与和平》是个可怜鬼写的,你只要记得那可怜鬼有一大群儿女却死了太太,你就不会忘记了,他的名字叫'拖儿死太'!"

当时,这事就让大家笑了个没停,只有安骋远这种人,才会把托尔斯泰翻译成拖儿死太,所以他有个"吃吃酒一起吃酒"的电话号码。嫣然想着,脸上就浮起了笑意。

"想什么?"兰婷问,把嫣然拉到身边坐下,"晚会很热闹吗?很有趣吗?""噢,"嫣然回过神来,慌忙说,"是的,晚会很有趣,非常——有趣。对不起,我忘了打电话回家说一声。"

"没关系,只要你玩得开心就好。"兰婷由衷地说,"我希望你有正常的社交生活,希望你多交一些朋友。"

嫣然怔了怔,母亲的态度有些奇怪,她似乎欲言又止,似乎在刺探什么,似乎在担心什么……不过,母亲这些年来,一直在担心,一直在忧愁。

"妈!"她坦白地问,"家里有什么事没有?巧眉——怎么样？"

"发生了一件事，一件我也不懂的事。"

"哦？"

"巧眉把凌康气走了。"

"气走了？"嫣然怔住，"怎么气走了？他们——吵架了？凌康说了些什么鬼话是不是？他到底在玩什么花样？我该找凌康好好谈谈！哦，我真该死！我就记得今天有件什么事要办，找凌康！"

兰婷仔细看嫣然。

"或者凌康没做错什么。"她吞吞吐吐地说，"是巧眉把凌康拉到琴房，关着门吵，两人的声音都很低，我们父母总不便于偷听，然后，凌康就一怒而去。凌康走的时候，气得眉毛都直了，脸都绿了，认识凌康这么久，我没看他这么气过。等他走了，我去问巧眉，巧眉只是呆呆坐着，一句话都不肯讲，然后就在钢琴前弹了一个晚上的《悲怆》！"

嫣然沉思，半晌，她问："你有没有试着打电话去问凌康？"

"我试了。"

"凌康怎么说？"

"他只说了一句话：'去问嫣然！'就把电话挂断了。"

"问我？"嫣然惊愕得张开了嘴，"我怎么会知道？我又不在场！"她转动眼珠，忽然想到了某一点，不禁出起神来。

兰婷深刻地打量她，伸手握住了女儿的手。

"你瞧，嫣然，我是真的该问问你了。"她说，"我直接问出来，你不要忌讳。我觉得，凌康好像成为我们的家庭问题了。"

嫣然默默不语，深思着。早上，巧眉说过一句话："如果凌康成为我的姐夫，我会非常高兴！"

真的，这已经成为"家庭"问题了。

"嫣然，"兰婷继续说，"我必须问你，凌康和你之间，是不是已经结束了？"

嫣然很敏锐地看了兰婷一眼，母亲的话里有期盼的意味。

幸好，她对凌康早就死了心，早就不在意了，幸好，她现在已经有了安骋远！假若自己真的一头栽进对凌康的感情里，现在会怎样？会被迫变成"牺牲"者。她悲哀地笑笑，幸好，在五年前，自己已经预见了这一日，已经退步抽身了。

"妈，"她吐了口气，说，"我坦白告诉你，我和凌康之间，根本没有'开始'过！他从一进我们家大门，眼睛里就只有巧眉了。"

"是吗？"兰婷印证着自己的回忆，"我想，巧眉并不这样想。我想，凌康会为你们姐妹二人的谦让，变成个孤魂野鬼！"

"噢！"嫣然直跳了起来，"我去找巧眉！"

兰婷伸手想阻止。

"她已经睡了！别去打扰她！"

"我必须去打扰她，这件事比睡觉重要得多！"

嫣然头也不回地说着，就径直冲进巧眉的卧室。

巧眉正躺在床上，嫣然一阵风似的卷进来，关上房门，她直接跑到巧眉床边，在床沿上重重地坐下，她伸手摇撼着巧眉的肩："巧眉，我知道你根本没睡着，你好好地告诉我，你和凌康为什么吵架？你说！"

巧眉翻过身来，平躺在床上，她的头发缎子般披泻在枕头上，脸色很沉静。

"我没有和他吵架，"她轻声回答，"我只是告诉了他一句话，一句早上我已经告诉了你的话。"

"哪句话？"

"他如果做我的姐夫，我会很高兴。"

嫣然胸口像堵了个大硬块。

"所以他气跑了？"她问，自尊颇有些受伤，该死的凌康，你尽管去爱妹妹，也不必把姐姐当成狗屎！不过……她耸耸肩，最起码，凌康对巧眉总算表明态度了！"我对你说，巧眉，"她豁出去了，很快地、很坚决地、很果断地说，"我们早上的话只谈了一半，你显然对我有些误会，我现在明明白白、清清楚楚地告诉你，我不爱凌康，我已经另外有了男朋友。我喜欢凌康是真的，因为他诚恳、善良、有个性、有才气……是个真正优秀的男孩子。但是，那种喜欢……像你说的，不是男女间的喜欢。如果——他成为我的妹夫，我会非常高兴！"

巧眉一动也不动地躺着，脸上有股奇异的表情，她微笑起来，那微笑也很奇异，有些悲哀，有些无奈，有些了解，有些迷惑……嫣然盯着她看，想看穿她的思想。要命！巧眉不相信她！巧眉以为她在骗她。从小，巧眉要的东西，她会让她，于是，她以为这又是一次忍让和"割爱"。

"听着，巧眉，我说完了就走，你相信也好，不相信也好。如果我真的爱上了凌康，我不会让给你！世界上什么东西我都可以让给你，只有爱情，我不会让！"说完，她站起身来，转身就走，巧眉听着她离去的脚步声，轻轻地叹口气，轻轻地自言自语："姐姐，你会让的，你太不了解自己，只要我们中间真的起了冲突，你会让的！"

嫣然听到了，回过头来，她愕然地瞪视着巧眉。后者躺在床上，依然带着那奇异的笑，半含悲哀半含恬静，半含温存半含寂寞……天哪！她真美！上帝夺走了她的视力，却给了她一颗最了解人的心。她会让吗？她模糊地想——巧眉可能是对的！她确实为凌康倾倒过，不是吗？她确实为凌康痛苦过，不是吗？她也确实"让"了。事实上，她咬咬牙，她也不能不让，那凌康，他以一种固执的忍耐的受苦的精神来爱巧眉，爱得深沉，爱得执着……她能不让吗？这根本不是战争！

她走出了巧眉的卧室，客厅里，兰婷仍然独自坐着。

"妈，"她拍拍母亲的肩，"去睡吧！我向你保证，一切都不会有事的！"

第五章

回到卧室，她立刻拨了一个电话给凌康，虽然已经深夜十二点多了，但她赌凌康绝没睡。果然，接电话的是凌康本人。

"喂？"凌康问，"谁？"

"凌康，我是嫣然，"她很快地说，"我刚刚和巧眉痛痛快快地谈了一次。"

"哦？"凌康简短地应着。

"听好，"她说，"我已经跟巧眉谈得清清楚楚了，我告诉了她，我和你之间没有爱情，以前没有，以后也不可能有。事实上，我根本就有了男朋友。所以，你不要被巧眉气着，没什么可生气的。明天，你请天假别上班，到我家来报到，我包你一天云雾都烟消云散了。"

电话彼端是一片沉默。

"凌康？"她担心地喊，"听到没有？"

"听到了，"凌康短促地回答，"谢谢你打电话给我。不过，我想，我明天不会去你家。或者——我以后也不会去了。"

"什么？"她低吼，"你就这样放弃了？你是男子汉吗？你是大丈夫吗？你有骨气吗？你追女孩子连一点耐性都没有！巧眉和你之间有很多误会，我已经把误会都帮你解释清楚了，你还有什么不开心？"

"我只怕，我和她之间没有误会。"凌康闷闷地说。

"什么意思？"她涨红了脸，"难道你也认为，我——爱上了你？"

"不。"他叹口气，很疲倦的样子，"我们不要谈了！"他想收线。

"喂喂，"她大急，喊着，"凌康，你怎么了吗？"

"我怎么了吗？"凌康憋着气说，"很简单，失恋了。我告诉自己，失恋也比当个不受欢迎、摇尾乞怜的可怜虫好些。嫣然，你认识我很久了，我早已放弃了自己的骄傲，但是，我起码该维持一些仅余的自尊！"

咔嗒一声，凌康挂断了。

"喂，喂！"嫣然对着听筒空喊了两声，终于放下了听筒，又气愤又懊恼。这人居然挂断电话，声称以后再也不来了。看样子，他和巧眉这场架，吵得比想象的严重。但是，巧眉是连只苍蝇都不会伤害的，怎么就会损伤了他的自尊了？凌康，她瞪着电话机想：你的自尊心也未免太强了！否则，就是你爱得不够深，如果你爱得够深，你就顾不到自尊心了！

像是在答复她心里的问题，电话铃蓦然响了起来。她立即抓起听筒，对着听筒就又急又迫切又热烈地说："听着，凌康，我刚刚就在想你那个见鬼的自尊问题！爱情的面前谈不上自尊，当你爱到极处，你就什么都顾不了了！收起你的自尊心吧！明天你一定要来我家，或者，来了之后，你又会找回你的自尊了！你来，好不好？你看，凌康，认识这么久了，这是我第一次对你这样低声下气……喂喂！"

对方一片沉默。这人真犯了牛脾气了！嫣然心里冒火，什么时代？男人都这么有个性！

"凌康！"她喊，"凌康！不说话你打什么电话！"

对方终于慢吞吞地开了口："我不是凌康。"

她的心脏狂跳，血液一下子全涌进了脑子里。是安骋远！

居然是安骋远！才分开没半小时，谁知道他会打电话来！而自己，对着电话说了些什么？说了些什么？

"噢！"她深深地抽了口气，"骋远！是你？"她声音都软弱了："怎么这时候打电话来？"

"对不起，"安骋远语气古怪，声音哑哑的，"我不知道这个时间你正在等别人的电话，我只是有些发疯……好了，不占你的线，早该知道你的生活不单纯，早该知道有这么一个重要人物名叫凌康！"

咔嗒一声，对方居然也挂断了！

嫣然拿着听筒，不相信似的看着那机器。电话，电话，是谁发明的玩意儿，跟人开这么大的玩笑！但是……她脑子里发疯般地狂喊起来：不能有这种误会！不能有这种误会！

老天！安骋远的电话号码是多少？吃吃酒一起吃酒！吃吃酒一起吃酒！赶快吃酒吧！她急急地拨号。

对方很快地接了电话，怕这呆子又要个性挂电话，她喘着气，近乎祈求地说："不要挂断，骋远，你听我解释，我头都昏了……"

岂知，对面竟传来一个年轻女性的声音："噢，你找安骋远吗？"然后，那"女性"扬着声音，又清脆又调侃地在喊："骋远！有个头昏的女孩子找你说话！"

老天！嫣然跌坐在地毯上，脸孔整个都烧起来了。打电话第一要则，问清楚对方是谁！她把听筒压在耳朵上，连听筒带脸孔一起埋进了膝盖里。

安骋远终于来接电话了。

"喂？"安骋远在问，"哪一位？"

"骋远，我是嫣然。"她咽了一口口水，忍不住问了句，"刚刚是谁接的电话？"

"女朋友！"骋远没好气地说。

"不开玩笑，骋远。"她忍耐地说，"我一回家就碰到一大堆事，我从没跟你谈过我的家庭，是不是？"

"你一直避免谈，"骋远说，"你很神秘！你也很遥远，你从不打开你自己，我是本打开的书，什么都告诉你。你呢，你有很多秘密！"

"没有秘密。"她软弱地说，"我只是不敢去谈。现在，电话里我也说不清楚，何况你又有'女朋友'在旁边。我只解释一件事：凌康是我妹妹的男朋友，他们今晚吵架了，我妹妹把凌康气跑了，我正试着要让他们和好。"

安骋远一句话也不回答。

嫣然等了一会儿，心中蓦地涌上一股怒气和委屈。她对着听筒，哽塞地低喊了起来："你不相信我！你不说话！好，我受够了！你们男人都有个性，都有自尊，先是那该死的凌康，现在又是你！不说话，不理我，大家就拉倒！我懒得去费力解释又解释！不理我，你就永远不要理我！"

她把听筒"砰"然一声摔到电话机上。坐在那儿，用手抱着脑袋，手指插在头发里。

电话铃又响了，发明电话的人该下地狱。

她抓起听筒，嚷着说："说了大家拉倒，又打来干吗？"

"怎么了？"对面一怔，老天，是凌康呢！嫣然简直要晕倒。"你劝了我半天，又叫我拉倒？"凌康莫名其妙地问，"嫣然，是不是你？"

"是，是，是我，我是嫣然！"她慌忙接口，连声地说，万一凌康误会接电话的是巧眉，那就真的完了，真的拉倒了！她深抽了口气："怎样？凌康？"

"我想了很久，"凌康说，"或者，我还是太顾全自尊了……"他忍耐地叹了口长气："我听你的，我明天早上来你家，你瞧，爱情会让人变得懦弱！我轻视我自己这么没个性、没志气！"

"哦，凌康！"她感动而热诚地说，"这不是没个性、没志气，我刚刚就要告诉你，当你真正在爱的时候，自尊和骄傲就都不重要了。有句诗说：情到深处无怨尤。我想，能做到无怨尤的地步，才是用情的顶点了。"

"纳兰容若。"他说。

"什么？"

"情到深处无怨尤，是纳兰容若的句子。"凌康说，"不管怎样，谢谢你，嫣然。而且……"他迟疑了一下，"我有些话不知道该怎么说，总觉得我有些……对不起你，我想，命运在折腾我，假若巧眉立志要让我受苦，我是应该受苦的。"

"巧眉从不会立志让人受苦，"她接口，"你也不该受苦，不要向我……说对不起。每个人有属于自己的幸福，你……没伤害过我，懂了吗？"

"懂了。"

"明天见！"她挂断了电话，松了口气。

坐在那儿，她有好一会儿没有移动。纳兰容若！凌康知道那是纳兰的句子，他有过目不忘的能力，说真的，他确有才气，说真的，他——确有动人心处。她瞪着电话机，潜意识中，若有所待。

好一会儿过去了。电话机寂静地躺在那儿，她睁大眼睛，潜意识转为明意识了——电话啊电话，你该响的时候怎么又不响了呢！她用手托着下巴，死瞪着那电话机。安骋远，你混蛋，拨一个电话会折断你的手指吗？你真的预备永远不理我了？你真的预备就此拉倒了？你真的不相信我？安骋远，安公子……她看看手表，凌晨一时半。已进入第五十四天了。五十三是纪念日，五十四难道就成为结束日了？这太没道理，太没道理，安骋远，你打电话来吧，她祈求地看着听筒，内心在绞痛了。只要你一打电话来，我马上收回我说过的那些话。

但是，你要先打电话！

电话仍然没响。

她终于从地毯上跳了起来。好！去你的自尊心，去你的骄傲！情到深处无怨尤，纳兰容若的句子。那个安公子有个很好记的电话号码：吃吃酒一起吃酒！他不打来，你可以打去！这时代男女平等，这时代男孩子都有个性！打吧！卫嫣然，拨一个电话号码也不会折断你的手指……

她伸手去拿听筒。

忽然，她听到静静的夜色里，有个熟悉的坦克车似的声音"喀喀喀喀喀……"地由远驶近。她侧耳倾听，真的，她的心脏狂跳，从胸腔快跳到喉咙口了。真的，是那部可爱的、会咳嗽会叹气的神仙车呢！

门铃刚响，嫣然已经大大地打开了门。

安公子站在门口，门边停着他的小坦克。

"你家电话一直占线，"安公子一本正经地说，"我有点疯狂，觉得不跟你说话，我可能会死。既然电话拨不通，我就自己来了！如果在这种时间按门铃，会吵醒你的父母，惹他们生气，请你代我向他们解释，因为这有关生死，我非来不可！来问你一个问题！"

她瞪大眼睛看他，心中一片欢唱声。

"什么问题？"她轻声问。

"我们庆不庆祝第五十四个纪念日？"

泪水往她眼眶里冲去，她奔上前去，投身在他怀中，紧紧地用手环抱住他的腰，把面颊依偎在他那宽阔的胸前，听着他的心跳。她呜咽着低喊："我们庆祝的！我们庆祝的！五十四、五十五、五十六……每一个每一个每一个纪念日！"

早餐桌上，嫣然宣称："今天我请了一天假，不去上班。"

"为什么？"兰婷奇怪地问。

"因为——今天是纪念日。"她笑着，笑得又美好，又神秘，又欣慰，又喜悦，"事实上，今天有很多人都请假不上班，等会儿你们就知道了。"

巧眉仔细地倾听，深思着，她穿了件紫色薄纱的洋装，宽宽的大袖子，举动间轻飘飘的，她长发中分，自自然然地披垂在胸前，面颊澄静。清晨的她，看来清新如朝露。昨夜，她不知有没有失眠。

"昨天晚上很热闹。"巧眉忽然说。

"是啊，"卫仰贤接口，"我好像听到深更半夜，还有人按门铃。"

"你听错了，"兰婷说，"不是门铃，是电话铃，电话铃响了好多次，嫣然忙得很。"

嫣然吃着稀饭，微笑不语，面颊上有两片红潮。

"我听得很清楚，有门铃。"卫仰贤仍然在说。

"你做梦了。"兰婷说。

"昨晚有电话铃，也有门铃！"巧眉端着杯牛奶，慢慢地啜着，神情是若有所思的，"还有一辆装甲车，半夜三更在游街。"

"装甲车?"兰婷一怔,"对了,是辆坦克!"

"你们母女疯了,"卫仰贤笑着,"装甲坦克全来了,又没有阅兵大典,还说我做梦,我看你们才做梦!说不定还梦到轰炸机呢……"

门铃响。

"哈!"嫣然欢声说,"我是第一个不上班的,现在,第二个不上班的人来了!猜猜看是谁?"

不用猜了,秀荷带着凌康走进了餐厅。凌康今晨穿得很整齐,雪白的衬衫,黑色西装裤,居然还打了条红花的领带,他浓眉俊目,显得非常出色。尽管他脸上有着失眠的痕迹,眼底有着几分抑郁和迟疑,笑容中略带勉强……他却依然神姿英爽。兰婷一看到他,就从餐桌上跳了起来,掩饰不住自己的殷勤,她一迭声地叫秀荷添一双碗筷,给凌康冲杯牛奶……

"不用了,伯母,"凌康急急地说,"我吃过早饭了,在巷口吃了烧饼油条。"

"再吃一点。"兰婷热心地说,看看凌康,再悄眼看巧眉,巧眉似乎有些不安,她白皙的面颊涌上了红晕,低着头,她专心地喝着那杯牛奶。兰婷心里叹着气,如果这孩子眼睛看得见,她绝不会放掉凌康的,凌康除了内在的优点外,还有外在的。或者,对于一个盲人来说,外在的优点等于不存在?

因为她看不见,她也无法知道。她再看凌康,凌康已经拉了一张椅子,在巧眉和嫣然的身边坐下,他有些不安地打着招呼："嫣然，巧眉，抱歉一清早就跑来……"

"不用说抱歉啦！"嫣然爽快地打断了他，"谢谢你今天请假不上班，来庆祝我们的纪念日！妈，你昨晚听电话铃响吗？这家伙要负一些责任，我说电话说得舌头都僵了，大概用了一箩筐的话，才让这位凌家大少爷回心转意，肯再上我们家的门了！"

"哦。"兰婷一怔，知道嫣然在说实话，心里怦怦跳着。不能失去凌康，不能失去凌康……她心中飞快地想，巧眉虽然美丽过人，虽然会弹琴会唱歌，却毕竟是个瞎子！这年头，不会有几个优秀的男孩子，愿意追求一个瞎子的。她立刻转向凌康，给了他一个最慈祥和欢迎的笑："凌康，别闹孩子气哦，我们家的两个宝贝女儿，都被宠坏了，你是堂堂男子汉，该有宽阔的胸襟，来包容一切！"

凌康深深地看着兰婷。

"伯母，"他诚挚地说，"我只怕早已不是堂堂的男子汉了，你知道我最羡慕怎样的男人吗？像日本电影里的仲代达矢，他眉头一皱，眼神凌厉，对女人只说虚字……"

"虚字？"兰婷不懂，"什么虚字？"

"虚字就是带感叹号的单字，例如'啐！''嗨！''哼！''哈！''嗯！'之类的玩意儿，他不用嘴说话的，他用眼睛说话，那些女孩就跪在地上对他爬过去了。仲代达矢是男子汉，我呢……"他长叹一声，"我的棱角都被磨光了。我不配当男子汉！"

"少胡说八道了！"嫣然气呼呼地接口，"你少拿那些中古时代的日本女人来衡量我们，男人哼两声就跪着爬过去！那些女人太没个性了！她们早已成为男人的奴隶，如果你希望找那样的女人，其实也不难，你去非洲，听说那儿有个部落，女人还停留在吻男人脚的阶段。不过，她们的男人你也不够资格当，那些男人是骑在犀牛背上猎老虎的。他们要一个女人，就送她十张老虎皮、三对象牙、一个犀牛脑袋。那女人就算是天仙，看到这样的礼物，也都会一路跪拜着拜到那男人怀里去。"

"有这种事吗？"卫仰贤听得出神，"这部落叫什么？我以为非洲已经很进步了。"

"这部落的名字叫'烟造'。"凌康接口，从秀荷手上接过一杯咖啡，一本正经地喝着咖啡，"在非洲最南端一个小角落上。等于在失去的地平线上。"

"烟造？"卫仰贤摇摇头，"很怪的名字。"

"不怪。"凌康又喝了口咖啡，"这类的部落、民族、成语，在贵府算特产，烟造的正确写法是嫣然的嫣、捏造的造！"

"噗"的一声，兰婷的一口咖啡差点喷出来，她去看嫣然，正看到嫣然微红着脸，似笑非笑地看着凌康，哼哼着说："算你反应快！这非洲部落固然是'嫣造'，你那日本女人也只能算'康幻'。"

"什么康幻？"卫仰贤又不懂了。

"她说我在幻想。"凌康说，看看嫣然，又看看巧眉。巧眉始终在倾听而没说话，脸色宁静。她听得很仔细，似乎在用心捕捉每一点细微的声音，去感应每一种她看不见的情形。

凌康的心悸动了一下，他和嫣然谈得太多了。他转向了巧眉，经过昨晚的事后，他依然无法毫无尴尬地面对巧眉。"巧眉——"他犹疑地说，"你今天很安静，也很——"他由衷地说，"美！"

巧眉放下了牛奶杯。

"你刚刚提到一个日本演员，叫仲代达矢？"她问。

"是的。"

"他不用嘴说话，用眼睛说话？"

"嗯。"凌康哼着，心里开始诅咒自己。凌康啊凌康，你是世界上最笨的男人！在盲人面前提什么"用眼睛说话"？

"你羡慕他？"她继续问。

"嗯。"他再哼着。

"凌康，"巧眉真诚地说，"告诉我，你是不是也有一对会说话的眼睛？最起码，我猜，你有对很漂亮、很有神、很富感情的眼睛！"

"我……"凌康狼狈起来，尴尬起来，"我……"

"巧眉！"嫣然急于解围，"你猜对了！凌康的眼睛很好，事实上，他是个满英俊的男人，就像你是个满美丽的女人一样！"

"哦，好极了。"巧眉笑了笑，那笑容动人无比，"凌康，当你使用你那对仲代达矢的眼睛去说话，而对方居然看不见，你会不会觉得很扫兴？如果你不觉得扫兴，我也会代你扫兴……这就像，如果我弹一支钢琴协奏曲，给个聋子听……"

"停住！"凌康忍不住叫了出来，放下咖啡杯，他从位子上直跳起来，在众目睽睽下，他冲向巧眉，他的眉头紧锁，眼光阴郁。整桌的人都紧张起来，不知道他要做什么。他却一个箭步到了巧眉面前，伸手一把握住了巧眉的手腕，巧眉惊呼了一声，他没管，把她紧紧地握住，他急促地说："我受够了你这一套自卑自怜自损自我逃避的鬼话！我知道你是瞎子！全家都知道你是瞎子！大家都忌讳在你面前提这两个字，大家都可怜你、爱护你，你反而利用自己的缺陷，去刺伤每一个爱你的人……"

"凌康！"兰婷惊呼，"不要太残忍！"她想冲过去。

"兰婷，"卫仰贤伸手压住兰婷，低语，"让他说！别管，让他说！"

"妈妈！"巧眉开始求救地惊呼，挣扎着要脱出凌康的掌握，"妈妈！妈妈……姐姐！"她尖叫。

"不要叫妈妈叫姐姐！"凌康大声制止，"她们不会跟住你一辈子，保护你一辈子！你够折磨人了！你够牵累人了！你是不是准备继续折磨牵累她们？你看不见，你就认为你无权恋爱，无权被爱，事实上，你根本不准备恋爱，你怕恋爱，你怕男人！怕恋爱后会被一个男人带走，让你离开你依赖已久的妈妈和姐姐！你像个寄生草似的攀在她们身上，你逃避追求你的男人，把他推给姐姐，你不抢你姐姐的男朋友！哦，巧眉，你早已抢了！你不知不觉地抢了，你下意识地抢了！你现在逃也逃不掉这个事实，赖也赖不掉这个事实！你可能并不爱我，你不爱任何男人，我也不准备勉强你来爱我！今天我当你家每一个人面前说这篇话，以后我不会说第二遍！你爱我也罢，你不爱我也罢，你都早就该站起来，走出你黑暗的监牢，去'看'，你不能'看'，那么，去接触这个世界，用你的手、你的心、你的智能，像你接触音乐一样，去接触这个世界！去'看'这个世界！如果你真的肯'看'，你也会看到我的眼神，即使没有仲代达矢那么凌厉，最起码也明亮也有光彩有神韵，也会说你'看'得到的话！不信，你马上可以试验！"

他抓起她的手来，把它放在自己的眉毛上、眼睛上、鼻子上、那发热的面颊上、那激动的嘴唇上，最后，压在他那怦怦然狂跳的心脏上。

"你看到了吗？看到了吗？看到了吗？"他有力地问，一声比一声高亢，一声比一声强烈，"告诉我，你看到了吗？"

巧眉停止了尖叫，停止了挣扎，有一会儿，她在战栗，在他那强烈的指责下战栗，然后，她的眼眶湿润了，她的精神集中了。而当他把她的手拉到他的眉毛眼睛鼻子面颊嘴唇和胸膛上时，她的战栗停止，面容郑重。她用种崭新的感觉，去接触那男性的眉眼和"心"。她一动也不动地站着，让自己的手贴在那颗生动的、狂跳的、充满活力的运动的心脏上。有片刻她不能呼吸，有片刻她不能思想，她只觉得室内好静好静，而她手底，那跳动的心脏在诉说一些令她惊颤的言语。

"你看到了吗？"他再问，声音变柔和了，柔和得像一支温柔的歌，"看到了吗？"

忽然间，巧眉所有的屏障全部瓦解，她"哇"的一声哭了出来，泪水冲出眼眶，滚下面颊，滑落在衣襟上，她哭着扑过去，把面颊倚靠在凌康的肩头。她用手摸他的头发，摸他的肩，摸他那结实的手臂，摸他的手指，那男性的、有力的手指。"我——看到了。"她终于说，呜咽地说，"看到了！"

"噢！"嫣然喜悦地喊了出来，奔过去，她忘形地在凌康面颊上吻了一下，又笑又带泪地说，"要命！凌康，你真让我心痛，你怎么不追我呢？"

"哦！"兰婷用手背拭去眼泪，高声叫，"秀荷！秀荷！去拿瓶酒来，虽然是早晨，虽然中国人不习惯随时喝酒，我可忍不住想喝杯酒！去拿酒来！"

第
六
章

"等一会儿！"嫣然急促地喊，侧着耳朵听，"坦克车来了。"

真的，那咳咳咳咔咔咔咔嘭嘭嘭嘭笃笃笃笃的车声正喧嚣着驰来。卫仰贤惊奇地问："这是什么？"

"爸爸呀！"嫣然细声细气地说，"第三个不上班的人来报到了！"

等不及秀荷去开门，嫣然自己反身就往花园奔去，一会儿，她牵着一个大男孩的手，兴奋地走了进来。

"妈妈爸爸，我给你们介绍，这是安公子。"

"安公子？"卫仰贤怔着，望着面前这个大男孩：浓眉，大眼，神采奕奕，不算漂亮，却充满活力与生气，颇有种特殊的吸引力，穿着件随随便便的蓝衬衫，牛仔裤，敞着衣领，半露着那晒成红褐色的肌肤。他挺立在那儿，高、瘦、腰背挺直。卫仰贤心中喝了一声彩，看样子，今天真是个特殊的日子。"安公子？这是名字还是绰号？"

"安骋远。"安公子微微弯了弯腰，唇边堆满了令人可喜的笑，"驰骋的骋，遥远的远。伯父，伯母，我早就该来拜访了，都是嫣然不许我来！"

"哦！"兰婷瞪着安公子，又惊又喜又意外。原来嫣然已经有了男朋友，那么，就再也没有什么好操心了，就再也没有什么歉疚了，再也不用担心姐妹两个都爱着凌康了。她那母性的胸怀里，已立刻打开了欢迎之门，要接纳这个大男孩了。"嫣然为什么不许你来？"

"她说我没资格来！你们不知道，要通过嫣然的资格考试是件很难的事，我等这个资格，足足等了……"他看表，"五十四天又……"

嫣然把他一把拉到凌康面前来："在他开始贫嘴以前，"嫣然急急地对父母说，"我要先把他给介绍完毕。"

她拉住安骋远，停在凌康和巧眉的面前。

"骋远，这就是凌康。凌康，这是安骋远！"

原来这就是凌康了。安骋远敏锐地看着凌康，后者也敏锐地看着安骋远。两个男人静静地彼此衡量对方，凌康英爽中带着书卷味，安公子潇洒中带着玩世不恭。两人都在目光接触的瞬间，欣赏了对方，也估出了对方的分量。安骋远没有忽略那半倚在凌康怀里的巧眉，还好，他想：这个长得像劳勃瑞福的家伙不是他的情敌。凌康也在想：原来嫣然选择了你，不管怎样，你仍然让人嫉妒！让人羡慕，让人心服。凌康对安骋远伸出手去，两个男人的手有力地握住了。

"凌康，"安公子笑嘻嘻地说，"你知道吗？你差一点造成我和嫣然间大大的误会。"

"哦？"凌康诧异地。

"昨晚我打电话给嫣然，她居然叫我凌康，对我温温柔柔地说了一套爱情与自尊的大道理……"

"嗯，咳！咳！"嫣然咳嗽起来，安公子惊异地回过头，对嫣然说："啊哈！你被我的车子传染了？怎么咳呀咳的？如果我说了不该说的话，你直接提醒就成了！"

嫣然满脸绯红，又好笑又好气。兰婷和仰贤彼此会心一笑，原来昨夜的坦克车和门铃电话都不是梦境。

安骋远定睛看着巧眉了。

嫣然从来没有告诉安骋远巧眉是失明的，她最初是避免谈家里的事，尤其避免谈巧眉。昨晚到今晨，时间短暂紧凑得没有时间去谈。因此，安公子并不知道巧眉看不见，在外表上，巧眉的那对大眼睛，除了有点雾蒙蒙之外，是完全看不出有何异状的。而那份雾蒙蒙，却更增加了这张无比温柔、无比纯净、无比姣洁、无比细致的脸庞上一种令人震撼的美丽。安公子心里惊叹着造物主的神奇，这少女只应天上有，不属人间！好个令人羡慕的凌康！他对巧眉伸出手去："我想，你是嫣然的妹妹了！"他说。

巧眉没有看到那只手，她倾听着他的声音。

"噢，骋远，"嫣然急忙抓住了他伸在半空中的手，"我没告诉你，巧眉——是看不见的！"

"哦！"安公子大大惊叹，而大大惋惜了。他甚至不掩饰他的感觉："你看不见？"他直问，"从小就看不见吗？"

"六岁那年发生件意外，就看不见了。"巧眉回答。

"哦！"安骋远吸口气。"你叫巧眉？巧眉！"他沉吟着，点点头，"巧眉，你不要为你的失明难过，上帝不会让每样事物十全十美，你知道你为什么失明？可能你太完美了！完美得让上帝都嫉妒了。你知道你很美吗？我这一生，还没见过比你更美丽的女孩！"

"咳！"嫣然又咳嗽了。"安公子，"她警告地说，"不要对我妹妹献殷勤，她已经名花有主了。而且，当你这样夸奖巧眉的时候，请稍微注意一下，那个丑姐姐已经在吃醋了！"

安骋远回头转向嫣然，给了嫣然一个最深挚、最热情、最无保留的笑。

"你不会和巧眉吃醋！"他说，"因为你比巧眉富有。你拥有很多巧眉没有的幸福……"他低叹着："我们都是！和她比起来，我们每个人都是富翁。"

巧眉微微震动了一下，没人注意她的震动，除了凌康。凌康盯着安骋远，很快地说："安骋远，我用了很大的力气来治疗巧眉的自怜和自卑，我在教她怎么看，希望你不要让我功亏一篑！"

"凌康，"巧眉开了口，她微笑着，笑得温柔幸福而动人，"我再也不会自卑了，再也不会自怜了。我向你保证！我也要走出那个黑暗的世界，去'看'这个世界！凌康，谢谢你。"

她转向安骋远的方向，收起了笑，她正色说："安骋远，我能不能称呼你名字？"

"当然。"安骈远说，"如果你要叫我安公子，也无所谓，谁叫我姓了安？《儿女英雄传》里有个很窝囊的安公子，我不会那么窝囊就是了！"

"你一定不会！"巧眉感叹地说，"你有一颗很敏感很有了解力的心。"她的声音低得几乎听不出来。然后，她向前跨了两步，伸手拉住了安骈远的胳膊，低问："我可以'看看你'吗？"

"看？"安骈远困惑地，"你当然可以。"

巧眉伸出手来，很快地摸了摸安骈远的眉毛、眼睛、鼻子和嘴唇。她退开，退到凌康身边去。

"凌康，"她说，"他是个漂亮的男人，是不是？我真高兴，我会有个又高又壮又结实又漂亮又会体贴人的姐夫！恭喜你，姐姐！"

安骈远居然脸红了，他走到嫣然身边，对嫣然咧嘴一笑。嫣然也脸红了，回了他一笑，就把眼珠转到别的地方去了。

秀荷拿着一瓶没开封的红酒出来了。

"要开瓶吗？"秀荷问。

"哦，真要喝酒哇？"卫仰贤叫着。"好，今天是个大日子，喂！"他转头看兰婷，"是什么纪念日来着？"

"管他是什么纪念日，"兰婷感动得眼睛湿漉漉的，"值得喝酒庆祝就对了！"

卫仰贤拿着瓶子，转动瓶塞，瓶塞"啵"的一声跳开，酒味浓烈地洋溢出来，大家欢呼一声，又鼓掌又笑又叫又跳。秀荷拿来玻璃杯，大家纷纷举杯，互相庆祝，嫣然啜着酒，眼光扫向巧眉和凌康，巧眉在笑，从没有看到她笑得如此幸福，凌康万岁！她想，对凌康遥遥举杯，凌康没注意她，他全心在巧眉身上，他望着巧眉。嫣然不自禁地又去看巧眉，巧眉在笑，幸福而温柔地笑。忽然，嫣然心底有什么东西惊悸地跳动了一下，为什么凌康眼神中有迷惑和担忧？她回头看安公子，后者正开怀地大笑着，边笑边举杯，豪迈地嚷着："为天下苍生干一杯！为生命的存在干一杯！为这么美好的家庭干一杯！为世界上最可爱的一对姐妹干一杯！凌康，"他一把抓住凌康，"为我们两个所拥有的幸福干一杯！"

凌康和他碰杯，杯子"叮"然一声，发出清脆的响声。巧眉很可爱地侧着头，倾听着那碰杯的声音。

安公子一仰脖子，干了杯中的酒。

秀荷再给他斟满，他连干了好几杯。

"喂，"嫣然忍不住喊，"安骋远，你以为你在喝汽水吗？"

"洒脱一些吧！嫣然！"仰贤兴致颇高地喊，"看他的样子就知道他有酒量，何况是这么淡的红酒，不会醉，难得今天大家都高兴！"

"是呀！"巧眉居然接口，平常她是从不凑热闹的。她的脸上漾着红晕，手里举着杯子："我也要干一杯！为——为——为这个早晨干一杯！"

她干了杯子，阳光在她的水晶玻璃杯上折射着美丽耀眼的光华，映得她整个脸庞都是光彩。

嫣然注视着巧眉，一时间，她觉得满眼满屋里都闪耀着那杯缘的光彩，像一屋子跳跃的星辰。

接下来的日子，卫家的气氛完全变了。

忽然间，这家庭就变得热闹起来了。每晚，琴声、歌声、吉他声，两对年轻人的笑语声、辩论声、叫闹声，甚至吵架声……都应有尽有。星期天，小坦克会呼啸而来，四个年轻人就都上了那令人担心万分的小车子，摇头咳嗽叹气浑身颤抖地闹上好半天，才跌跌冲冲地驶出去。事实上，凌康有辆很好的跑车——野马，性能极佳，几乎是全新的。凌康是家中的独子，父亲的事业做得很好，凌康在自己家里要什么有什么，大学毕业的礼物就是这辆野马。按道理，四个年轻人出去玩，怎样都该坐野马而不该坐坦克。但是，安公子坚称他的坦克"老当益壮""性能绝佳"，必要时还可以让大家运动运动（推车子），何况有"音乐效果"……反正安公子那张嘴，死的也能说成活的，他那个人又要强，觉得坐野马是对他的"小坦克"一种莫大侮辱，他的歪理是："这就好像一个女人，遇到富有体面的男朋友，就把原来那个已定终身的穷小子给甩了！"

反正，大家拗不过他的歪理，而一向不大出门的巧眉，也完全附和安公子。

"那个小车很好玩，它真的会唱歌，一路唱着走，唱累了，它还会停下来，叹口气再走。它有生命，真的，它是活的！它的歌也很好听呢！"

于是，四个年轻人还为这小坦克作了一支歌，歌词是安公子和凌康的杰作，歌谱是巧眉写的，嫣然做的总整理，加上了吉他和弦。他们四个每次爬上车子，就会跟着那车子的

"咳咳咔咔嘭嘭其其"一起唱起来：

咳咳咔咔，嘭嘭其其，

飞过高山，飞过平地，

老爷车一日奔行几万里！

咳咳咔咔，嘭嘭其其，

又会唱歌，又会叹气，

老爷车有情有意又有趣！

咳咳咔咔，嘭嘭其其，

任重负远，履险如夷，

老爷车勇往直前不犹豫！

咳咳咔咔，嘭嘭其其，

有美同车，有情相聚，

老爷车摇头摆尾真神气！

咳咳咔咔，嘭嘭其其，

咳咳咔咔，嘭嘭其其……

尾奏是在一连串"咳咳咔咔，嘭嘭其其"中重复减弱直至无声。别看这四个人都二十几岁老大不小了，他们又唱又闹起来，就完全像四个孩子。兰婷和仰贤是太高兴太高兴了，做梦也没想到有这样的幸福。尤其是听到巧眉又笑又唱的时候，怎么会想到那双目失明的巧眉，也会被日光晒得红扑扑的，也会笑得滚到地毯上去，也会在狂喜中去拥抱每一个人，也会丢开她的《悲怆》，而在琴键上敲击下无数喜悦的音符。

转眼间，秋天来了。

这晚，天气变了，打下午开始，天空中就飘起鹅毛细雨来，气温骤然下降了十度。晚上，四个年轻人在卫家相聚，都决定这晚不出去了。他们在客厅聊了一会儿，嫣然亲自煮了一壶咖啡，她说喜欢闻咖啡那股香味，有温馨，有宁静，有家的气息。花园里有棵芭蕉树，雨打芭蕉，尴尴瑟瑟，又很有中国人的诗意。

"是谁多事种芭蕉？早也潇潇，晚也潇潇！"凌康情不自已地念着前人的句子。

"是君心绪太无聊，种了芭蕉，又怨芭蕉！"嫣然笑着接下去。凌康也笑了，望着嫣然，他最近常想，如果当初嫣然不那么早把他带回家来，不让他见着巧眉，历史会改写。人生，每个偶然，都在改写着历史。

"前人多事种芭蕉，"安公子冲口而出，"后人心绪太无聊！风风雨雨常常有，管他潇潇不潇潇！"

"噢！"嫣然鼓掌，兴高采烈。"骋远，"她由衷地说，"你就是这些小地方可爱！你才思敏捷，反应迅速，而且，你说得好！有时候，我就觉得中国古时的文人太酸了。仅仅一棵芭蕉，作了十万八千首诗。中国人喜欢芭蕉和梧桐，还有雨！提到芭蕉是雨，提到梧桐也是雨，什么梧桐树，三更雨，空阶滴到明。什么春风桃李花开日，秋雨梧桐叶落时……"

"中国人有很好的联想力。"凌康插嘴，不大服气，"你不能否认古诗词中这种联想和隐喻非常含蓄动人。尤其他们用植物来比喻的时候。其实，岂止芭蕉和梧桐？任何植物，都可成诗。例如'牡丹含露真珠颗，美人折向堂前过'。例如'红了樱桃，绿了芭蕉'。例如'玉惨花愁出凤城，莲花楼下柳青青'。例如'芙蓉如面柳如眉，对此如何不泪垂'。例如'浔阳江头夜送客，枫叶荻花秋瑟瑟'。例如'君为女萝草，妾作菟丝花……百丈托远松，缠绵成一家'。例如'洛阳城东桃李花，飞来飞去落谁家？'。例如……唉，实在太多了！什么牡丹、芙蓉、柳树、杨花、枫叶、桃李……全可以入诗，也全可以入画。"

"你知道吗？凌康！"安公子慢吞吞地插嘴，"你很博学，听你把中国诗词倒背如流，让我觉得渺小起来了！明天我一定去猛K《唐诗三百首》！"

"算了吧！"凌康席地而坐，半躺到地上去，他注视着安骁远，"安公子，别人说我博学，我会照单全收，因为我真的念过不少书。你呢？你说的话，我会认为你在讽刺我，那天你和嫣然谈哈姆生，谈散文小说，谈山林之神和葛莱齐拉的比较，听得我眼睛都直了！"

"啊呀！"嫣然伸手去拉巧眉，"巧眉，我们走吧！这两个男生彼此标榜得真肉麻，他们再恭维下去，我的鸡皮疙瘩就都起来了。"

巧眉笑了。坐在地毯上，她把下巴放在膝头上，笑容满溢在眉端唇角。

"哦，"巧眉说，"我喜欢听呀！他们说得那么好，我不懂诗，不懂文学。小时候，真该多念两年盲哑学校，妈妈就怕我受罪，请了家庭教师来家里教，等我一学了琴，就什么书都不太肯学了。听他们这样谈，我才知道我真学得太少太少了。"她轻轻叹口气："听起来好美好美，那些诗词！"

"巧眉，"安骋远定睛看着她，认真地说，"你不需要了解诗，了解文学，你本身就是诗，本身就是文学！"

"哦！"巧眉整个脸都发亮了，"别骗我，安公子，我会骄傲起来呢！我看不见自己，你怎么说，我会怎么相信！"

"没骗你！"安骋远一本正经，"不信，你问凌康，她是诗吗？是文学吗？"

"巧眉吗？"凌康叹息地说，"她不只是诗和文学，她是画，是歌，是音乐。"

"嗯哼！"嫣然重重咳嗽，"巧眉，我走了。"她站起身子来。

"你走到哪里去？"巧眉惊问。

"这屋里又有诗，又有文学，又有画，又有歌和音乐，太挤了！这屋子挤得我都没地方待了！所以，我走哩！走出去跟那个芭蕉一起淋淋雨吧！淋湿了，说不定身上也有点诗气了！可不是作诗的诗，是潮湿的湿！"

大家都笑了起来。安骋远一把拉下嫣然来，嫣然站不稳，几乎滚进了他的怀里。安骋远就用手臂圈着她，看着她那红红的面颊，红红的唇，他差点想吻上去。嫣然挣扎了一下，他用力箍着她，他那手臂如此有力，又如此温暖，她也就放弃移动了，就这样半靠在他怀中。安骋远想着刚刚谈论的诗词，想着嫣然那调皮的"诗气"与"湿气"，忽然间，他大笑起来，不可遏止地大笑起来。

"你笑什么？"嫣然用手推着他，"你笑什么？"

"笑一件事，"安公子边说边笑，越想越好笑，"不能说！"

"怎么不能说？"巧眉仰着脸蛋，被他的笑感染得也一脸笑意，"说呀！什么事那么好笑？说呀，姐姐，你让他说嘛！"

"不能说，不能说！"安公子笑着嚷，"不太雅！"

"少卖关子。"凌康拍着他的肩，"有什么笑话，说出来给大家听听，反正你笑成这副德性样，也是憋不住会说的！快说吧！"

"说！说！"嫣然催促着。

"其实，说出来也没什么好笑，只是想起来很好笑。我念高中的时候，学校命令背白居易的《琵琶行》。我想你们对《琵琶行》里的句子都很熟。有天下课时大家争先恐后去上一号，站在那儿一大排，个个急着放水。我有个同学突然间大笑起来，我们问他笑什么，他说：'大弦嘈嘈如急雨，小弦切切如私语，嘈嘈切切错杂弹，大珠小珠落玉盘！'啊哈！你们要想象那场面，那……"他笑弯了腰，"那'大珠小珠落玉盘'哪！"

嫣然第一个忍不住，捧腹大笑起来，凌康跟着笑不可抑。

巧眉虽对诗词不熟悉，这笑话却还能体会，就也笑了起来，一时间，满屋子笑声，笑得屋顶都快震动了，笑得那故意躲在卧室中的卫氏夫妇，也相对而笑。嫣然是越想越好笑，越想越好笑，她是一笑起来就会停不住的，她笑得滚到地上去了。安公子笑着去扶她，她把安公子一拉，安骋远也滚到地上去了。凌康揉着肚子，边笑边追问："你那个同学，叫什么名字？我要去采访他，他真是——想象力太丰富了！"

嫣然更笑了。一面笑，一面用手捶着安骋远。

"你访问吧！"她又笑又喘地说，"什么同学不同学哩！这种想象力，只有安公子才有！他呀，他……"她笑得说不出话来，拼命用手敲安骋远。

"喂喂，"安骋远笑着抓住她的拳头，"别敲我了，敲死了你就没老公了！"嫣然涨红了脸，却仍然忍不住要笑。她转向凌康，笑着说："你知道《儿女英雄传》？我们这位安公子因为被同学称为安公子，不知道此公子是好是坏，就捧着本《儿女英雄传》大念特念，这本《儿女英雄传》有一大特色，对……对……"她几乎笑得说不出来，"对尿尿最感兴趣。那安公子遇到强盗就'湿哩'，可不是作诗的诗，是潮湿的湿……"

"喂喂，"安公子直着脖子喊，"嫣然，你帮我那位同宗留点面子好不好！何况我的外号叫安公子。你把他的糗事保留一下，谈谈他中状元，上京救父，还有……嘻嘻，娶了一对美女的事吧！"

"算了，你以为别人没看过《儿女英雄传》？至于那对美女，哈哈！书里还特别有一段，描写她们两个如何……唔，喂，如何……"

"你也有说不出口的地方吗？"安骋远笑着接口，"我帮你说吧，描写两个女孩如何撒尿！"

嫣然大笑。

巧眉听呆了，疑惑地笑着说："乱讲！"

"真的，真的。"凌康接嘴，"确实有这么一段，而且还是尿在人家和尚的洗脸盆里，不但如此，咱们的安公子，以为是洗手水，居然还拿来洗了手了！"

"该死！"安骋远大骂，"凌康，知道你书念得多，别卖弄了，到此为止吧！"他磨了磨牙齿，又加了句："那个文康该杀头！原来名字里也有个康字儿！"

"文康是谁？"巧眉天真地问。

"是《儿女英雄传》的作者。"安骋远说。

"真有这么好玩的书？"巧眉大感兴趣，"我不相信，你们编出来骗我的！""绝对没骗你，"凌康说，"那安公子的宝事可多了！他第一次遇到十三妹，以为是女强盗，想把院子里的石磨抬进房间来顶住门，免得十三妹闯进来。可是石磨抬也抬不动，搬也搬不动，正伤脑筋，十三妹走过来，用个小拇指一挑，就把石磨挑起来啦，挑在手上问安公子，要放在什么地方？那安公子就傻了眼了！"

"噢，"巧眉越听越有趣，"原来安公子的典故如此之多哇！太好听了！还有呢？还有呢？讲给我听……"

"够了！够了！"安骋远一迭声喊，"你们大家有完没完？我们能不能谈点儿别的！"

"还不都是你的大珠小珠落玉盘惹出来的！"嫣然说，躺在地毯上，瞅着安骋远只是笑。

"你们讲给我听嘛，"巧眉伸手一抓，正好抓着安骋远的手，她轻轻摇撼他，讨好地、要求地、娇媚地仰着脸，"安公子，你讲给我听！"

安骁远微微一怔，他本以为巧眉抓错了人，没料到她真对他而来的。他不由自主地注视那张柔美无比的脸庞，感觉到那握着自己的小手柔软而细腻，他居然心跳了一下，而脸孔发烧了。

"唔，"他哼着，"巧眉，那故事又臭又长，并不好听！"

"好听！好听！"巧眉一个劲地点着头，"姐姐，你怎么从没有念过这本书给我听呀！"

嫣然从地毯上坐了起来，看看巧眉，看看巧眉握住安骁远的那只手，看看安骁远那有些眩惑的眼睛，再看看凌康，凌康也注视着巧眉，笑意正悄悄从他唇边隐去。

"哦，巧眉。"她笑着站起来，走过去，不经心似的把巧眉那只手握进了自己的手里，"我不能念《儿女英雄传》给你听，因为会给你一个错觉，那里面的安公子可不是我们面前这个。那个安公子最可恶的一件事，是一箭双雕地娶了张金凤和何玉凤，我对用情不专的故事最恨了……"

"噢，别太主观！"安骁远恢复了他的谈笑风生，"一个男人同时爱两个女人是件很可能的事，也很自然的事。何况那是一夫多妻的时代……"

"自然你的头！"嫣然口不择言，瞪着安骁远，对他肩膀一拳敲去。

"本来就很自然，"安骁远笑着嚷，抓住嫣然的手，"假若不是凌康捷足先得，我会追你们姐妹两个！不盖你，谁叫你们姐妹集天地之精英，各有可爱处……""安骁远！"嫣然拦在骁远面前，鼓着腮帮子，似笑非笑地瞅着他，"你在讲真心话吗？"

安骋远笑了起来，把双手都放在嫣然的肩上，直视着她的眼睛，一瞬也不瞬地看着她："你问的是哪一句？"他说："你们姐妹都可爱，绝对是真心话，至于追两个……呵！"他笑得爽朗，"安家祖传，有书为证！"

"你……"嫣然一转头，看到他搁在自己肩上的手臂，她张开嘴，想也没想，就一口咬了下去。安骋远疼得直跳起来，甩着手满屋子乱跳，一边跳，一边唏唏呼呼地直抽气。巧眉不知发生了什么，紧张地仰着脸，紧张地倾听，紧张地追问："什么事？什么事？"

"没事！"凌康笑着握住巧眉的手，望着安骋远，"安公子练箭，射到自己了。"

"练箭？"巧眉听不懂。

"是啊，他以为他的箭很好，想小小表演一下，一箭射两只燕子，结果，射到自己哩！"

"说实话，"安骋远跳了回来，停在嫣然面前，"弱水三千，我只取一瓢饮。被咬一口，心里有说不出的委屈，怎办？"

嫣然瞪他一眼，忽然转过身子去，亲亲热热地挽住了凌康，用双手抱着凌康的一只胳臂，脸颊几乎依偎到他的脸颊上去，她娇媚地笑着，吐气如兰，"凌康，"她温柔地说，"我们去琴房好吗？"

凌康会过意来，他用手抚摸着嫣然的头发。

"好啊！"他笑嘻嘻地，左手挽着巧眉，右手挽着嫣然。

"我们三个去琴房，巧眉，你弹钢琴，嫣然弹吉他，我们来唱支《与我同行》。"

"好呀!"巧眉热心地说,并没有了解到个中的微妙,"我们可以合唱!"

他们三个真的往琴房走去,安公子大急,追在后面,直着脖子喊:"怎么了吗?我也加入,我也会唱歌!"

"你一个人在客厅里唱吧!"嫣然说,"我们三个正好,加了你就多出一个。"

"怎么会?怎么会?"安骋远用手抓脑袋,"你们又不是在演电视剧《三人行》!"

"我们不是演《三人行》,"凌康回头对安骋远微笑,"我只是忽然发现了你安家祖传的功夫很有用,要借用一下,你知道我认识她们姐妹五年了,你才认识五个月,怎么说,你都该让一步,再见!"

安骋远追上来,一把就抓住嫣然,把她从凌康胳膊中扳出来。他对嫣然一揖到地,再对凌康一揖到地。嫣然用手蒙住嘴,笑了。凌康扬扬眉毛,耸耸肩,也笑了。巧眉没看到安骋远打躬作揖的哑剧,听到他们都在笑,也就不明所以地跟着笑了。一面笑,一面说:"你们饶了安公子吧,他也没有什么大错,他就是这样爱开玩笑的嘛!来!"她伸手去拉安骋远,嫣然很快地接住了她这只手。顺势地,嫣然把安骋远也挽在胳膊中。他们一起往琴房走去,巧眉好脾气地在说:"我弹琴,你们一起唱歌。"

于是,他们全体进了琴房。

巧眉打开琴盖,坐了下来。立刻,那美妙的琴音如行云流水般从她手底流泻而过，她的脸上燃烧着光彩，满脸的感情，满脸的喜悦和甜蜜。她敲击着琴键，让那活泼的音韵在夜色中跳跃。于是，嫣然忍不住拿起了她的吉他，和巧眉和着弦，姐妹二人，一个弹钢琴，一个弹吉他，声音配合得美妙无比。

夜醉了。人醉了。然后，他们一起唱起歌来了：

> 小雨细细飘过，晚风轻轻吹过，
> 一对燕子双双，呢呢喃喃什么？
> 不伴明窗独坐，不剩人儿一个，
> 世上何来孤独，人间焉有寂寞？
> 唱醉一帘秋色，唱醉万家灯火，
> 日日深杯引满，夜夜放怀高歌，
> 莫问为何痴狂，且喜无拘无锁！

夜醉了，人醉了，欢乐的气息，从琴房蔓延出去！弥漫在整个秋夜里了。兰婷和仰贤在卧室中对望着。一对燕子双双，呢呢喃喃什么？兰婷双手紧握，只想握住这一帘秋色，只想握牢这满屋幸福：她那一对女儿，正像一对燕子。不知怎的，她脑中浮起两句诗："落花人独立，微雨燕双飞。"

微雨燕双飞，似乎很美！飞向谁家？飞向幸福吧！飞向幸福吧！她祝福着，虔诚地祝福着。

冬天。

巧眉有些感冒，入冬以来，她的鼻子就塞塞的，头也整天昏昏的，而且总是咳嗽。她没有说什么，她不喜欢全家为她小题大做。可是，兰婷已经觉察出来了，又是康德六百，又是川贝枇杷膏，中药西药的喂了她一大堆。她也照单全收，从小，她就是好脾气的，给她什么药，她就吃什么药。说真的，从六岁起，她就几乎和医生、药品结了不解之缘。

这晚，家里有点特别。卫仰贤夫妇有个必须两人一起参加的应酬，随着工业社会的发展，仰贤的事业做大了，应酬也多了。兰婷不喜欢他常常和客户去酒家，就尽可能地参加他们的宴会，反正，她最近比较放心，两个女儿都各有所归，晚上常是笑语喧哗的，不必担心巧眉会寂寞，也不必担心嫣然会失意。他们夫妇很早就出门了。

接着，嫣然打电话回来，说她今晚要办点事，会晚一些回家。嫣然不回来，当然安公子也不会来了，他们要办事总是在一起办的。巧眉知道，最近嫣然常去安家。安家二老，也来卫家拜访过。看样子，嫣然和安公子是好事已近。本来嘛，过了年，嫣然就二十四了，也该论及婚嫁了。想到婚姻，巧眉就不能不惊悸着想起凌康。

为什么男女交朋友，最后总会交到结婚的路上去呢？巧眉不安地想，这些日子来，她、凌康、嫣然、安公子四个人在一起，玩得多开心呀！她生命中最开心的一段时间，最喜悦的一段时间，最幸福的一段时间。可是，她知道这种四人小组的局面已面临破碎，接下来必然变为两人小组。嫣然和安公子已在巧妙地回避他们，而凌康——凌康也刻意和巧眉单独相处了。

前不久，凌康和巧眉谈起过婚事，巧眉在惊慌失措中逃开了话题。她不能想象，离开父母，离开姐姐，住到凌康家去，还要应付凌康的父母——那对父母还是在三年前，来卫家礼貌地拜访过，听声音，似乎是对很能干、很精明、很有权威感的夫妇。三年之中，却没再来过。巧眉不相信自己能适应婚姻，更不相信自己能适应凌康的家庭。一听到凌康提起结婚，她逃避得那么慌张，她猜想当时她大概脸都吓白了。

因此，凌康立即搁下这问题不再提起。随后的日子，他也很小心地不再提起。不过，巧眉知道，这问题迟早要逼到身边来的，迟早要面对的……她真怕，没有人了解她有多怕！

这晚，父母不在家，嫣然和安公子也不在家。她就有些心慌慌的，单独面对凌康，很可能就又要面对她所害怕的问题，凌康追了她快六年了，不会停在这个阶段。唉！她心里深深叹气，做人，好累呀！你不只要扮演自己，还要扮演别人期望中的女儿、妹妹、爱人……甚至妻子！如果她能看，如果她像嫣然一样正常，知道什么是"美"，什么是"丑"，知道"眼睛怎么讲话"，能工作，能看那么那么多的书，能畅谈哈洛·罗宾斯、维多利亚·荷特和被安骋远崇拜的薛尼薛登，或者，她就不会那么无助，那么驱除不掉自己的自卑感了。唉，嫣然。她多么羡慕嫣然，多么"嫉妒"嫣然啊！如果六岁那年……噢，不，不，怎么都不能嫉妒嫣然，怎么都不能责怪嫣然。命里该发生的事总归会发生，嫣然是出于一片好意。有嫣然这样的姐姐是你的幸福，你如果有一丝一毫责怪嫣然的心理，你该被打入十八层地狱，而且永世不得超生！

晚饭是巧眉一个人吃的，连凌康都没有来！巧眉真的有些落寞和消沉，这些日子来，她已经习惯于大家吵吵闹闹笑笑唱唱的生活了。饭后，凌康来了个电话，只是简短地交代了两句："巧眉，我今晚大概要晚一些才能来了，我有些重要事情要办，如果时间太晚就不来了。"

就这样不凑巧，忽然间，大家都有重要事情要办，忽然间，家里就剩了巧眉一个人。不过，她也透了口气，最起码，凌康不能缠着她谈婚姻问题了。

第七章

百无聊赖。

窗外又在下雨，是雨季了。瑟瑟的雨声使她更加情绪低落，她觉得感冒加重了，头昏而且发冷。走进琴房，打开琴盖，她把自己的"孤独"托付给柴可夫斯基的《悲怆》，好久没弹过《悲怆》这支曲子了。

不知弹了多久，她忽然听到小坦克那"嘭嘭其其"的声音。

嫣然和安公子回来了。她没动，继续弹着琴，不必去打扰他们，或者，他们也需要一些单独相处的时间，或者，她已经过分参与到他们的生活里去了。她不能再参与进去，不能再"深入"进去。她忽然加重了手指的力量，重重地敲击着琴键，弹完《悲怆》，再弹《命运》，六岁那年的一个早晨，她的命运已定！逃不掉的无边黑暗，走不出的无边黑暗，无尽无止的无边黑暗……不许自卑，不许自怜！凌康说的，他能说，因为他不是瞎子！她飞快地弹着琴，手指在琴键上奔跃过去，琴声如万马奔腾，如狂风骤雨，如惊涛骇浪……然后，进入一段暴风雨后的宁静——还剩下一点微风，吹过劫后荒原，发出轻柔如低叹的音浪……然后，是完全的静止。她身后有人发出一声惊佩的、长长的叹息。

她猛吃了一惊，平时有人走入琴房，她一定会知道的，他怎么会不声不响进来了？

"安公子？"她问。

"是。"他简短地回答。

"姐姐呢？"她再问。

"不知道呀，"安骋远说，"我正要问你呢，她怎么不在家？"

"她不是和你一起办事去了吗？她打电话回来说，要办点事，我以为——她去你家了。"

"没有呀！"安公子不很介意地说，"我们今天公司里聚餐，老板请吃尾牙酒，我下午就告诉嫣然了。她大概去买东西了，她知道我最怕陪她逛百货公司。"安骋远四面张望："凌康呢？"

"也有事，大概也在吃尾牙酒吧。"

"你一个人在家吗？"安骋远有些怜惜地，"伯父伯母也出去了？"

"嗯。"她哼了声，"不过，没关系，我弹弹琴，时间很容易打发的。"

他仔细看她，她有些苍白，有些娇弱，有些病容，眼角眉端，有种淡淡的愁、淡淡的寂寞、淡淡的哀伤。她轻轻地咳嗽了，用手蒙住了嘴，她的手指纤柔修长，像中国古画里的仕女。

"你冷了。"他说，望着她，她只穿了件深紫色的家常服，一件绒的长袍子。那瘦瘦的肩膀给人一种"我见犹怜"的感觉。他回头四面找寻，看到沙发背上搭着件白色镶紫边的粗毛线外套。他走过去，拿起外套。他知道突然的举动会吓住她，所以先说："你的外套在沙发上，我来帮你披上。"

"我不冷。"她局促地说，不知道为什么局促。

"你咳嗽了！"他简单地说，"从冬天开始，你的咳嗽就时好时停地没有断过。你该爱惜自己的身体，已经看不见了，别再弄出别的病来！"他把毛衣搭在她的肩上，半命令地说："穿起来！我讨厌你糟蹋自己！"

她顺从地穿上了毛衣，一边穿，一边勉强地解释："我没有糟蹋自己！"

"还说没有！"他粗声责备，帮她拉好衣领，他的手停留在她肩上，他握了握那瘦弱的肩头，"你瘦了，你不好好吃东西，不好好睡觉，生了病，不好好看医生。你什么都被动，这么冷的天，连件外套都不穿，而你说没有糟蹋自己！你怎么敢说没有糟蹋自己！"

她的背脊不知不觉地挺直了！全身心都感到压在自己肩上的那只手的分量。她的头更昏了，眼眶有些发热，她迷迷糊糊地伸出手去，轻触着自己肩上那只手，一碰到那结实的手背，她周身像触电般掠过了一阵战栗，她轻声地、叹息地说："就算我糟蹋自己，关你什么事？"

"当然不关我事！"他的声音更粗了，"已经有一大堆人在照顾你了，已经有一大堆人在关心你了！你瘦也好，胖也好，生病也好，咳嗽也好，关我屁事！我只是受不了你……受不了你……"他顿住了，说不下去。

"受不了我什么？"她轻轻地、柔柔地、幽幽地、如梦如歌地问，脸上绽放着一片醉死人的光彩。

"受不了你虐待自己！"他冲口而出，"受不了眼看一朵小花在我面前开花，又在我面前凋谢！你必须爱护自己，你必须关心自己，因为没有别人能代你活下去！我……"他咬牙。

"他妈的！"他大声诅咒，"我才不要管你的事！决不管你的事！决不管！"他的手要从她肩上抽开。

她忽然死命握住了这只手。仰着脸，她转过身子，面对着他，仰着脸，她就那样仰着脸面对他，那大大的眸子，简直是在"看"他，"看"得深刻，"看"得迫切，"看"得狂热。

他凝视她，像被魔杖点过，他一动也不动。

他们就这样面对面地呆在那儿，好一会儿，两个人都不动，两个人都不说话。一阵急雨扫着窗棂，带来一阵瑟然声响，室内是死一样的寂静。

然后，她的手指加重了分量，她紧紧地、紧紧地握着那只手，越握越紧，越握越紧……然后，猝然间，他无法思想地把她的头拥进了怀中，心痛地、震动地拥住她。她低喊了一声，就把面颊埋进他那粗糙的毛衣里。他抚摸她的头发，抚摸到她脑后的一块疤痕，他的手指停在那疤痕上。他听过那故事，那久远的年代里的故事，那春天早晨的故事。他的手指轻抚着那疤痕……在一片迷乱的怜惜的震痛的情绪中，弄不清楚自己是怎么回事，弄不清楚自己在做什么。只苦恼地想着，这疤痕破坏了一份完美，这疤痕也创造了一份完美！如果不是双目失明，她能这样纤尘不染得美好得让人心痛？她能这样狂猛地弹奏出生命中的呐喊？想着，他嘴里就喃喃地说了："不，不，不能这样。不能这样无助，不能这样无可奈何地活着！不能让你的灵魂滴着血去弹琴，不能让你自杀，不能让你把生命撞死在冰冷的琴键上……不，不，不能这样……"

她更紧地依偎着他，泪珠涌出眼眶，透过了毛衣，灼热地烫痛了他。她的手指更紧地攥着他，像浮荡在茫茫大海中，紧握着最后一块浮木。她嘴里沉痛地、昏乱地、狂热地、呓语般喊着："别说！别再说！别再说一个字……"

他不会再说一个字了。因为，琴房的门蓦然被推开，嫣然怀抱着大包小包无数的包裹，兴冲冲地嚷着："巧眉，来试试我帮你买的衣服，天气凉了……"

她顿住，呆站着，手里的大包小包全跌落在地上。她瞪大眼睛，一瞬也不瞬地望着面前拥抱着的两个人。在这一刹那间，她心中掠过一声疯狂的呐喊："我宁愿是瞎子！可以看不见这个！"

她以为她只是在想，事实上，她喊出来了。喊得又响又急又猛烈又悲切又疯狂。这声喊叫吓住了她自己，震惊了她自己。于是，她掉转身子，没有思想，没有意识，她狂奔出琴房，穿过客厅，冲出花园，雨雾扑面而来，洒了她满头满脸……她继续跑，打开大门，她一头撞在正按着门铃的凌康身上。

凌康伸手抓住了她，惊愕地喊："嫣然，你干什么？"

她用力推开凌康，继续往前跑。同时，安骋远已经追到花园里来了，他气急败坏地大叫："凌康，拦住她！"

凌康拦不住她，她狂乱得像个疯子。奔过去，她看到停在街边的小坦克，她跳进车子，发疯似的想发动车子，偏偏车上没有钥匙，她又跳下车子，转向凌康的野马。在她这样折腾中，安骋远已经追了过来，他从后面一把抱住了她，急切地喊："嫣然！嫣然！不要这样。你听我说，你听我解释！嫣然！嫣然！"

嫣然拼命地挣扎，要挣脱他的手臂。她面颊上又是雨又是泪又是汗，头发散乱地披在脸上。她咬紧嘴唇，一句话也不说，也不允许自己哭出来，她只是发疯般要摆脱安骋远。安骋远也发疯般抱紧了她，要把她拖回家里。她死命用力地咬住嘴唇，嘴唇破了，血滴了下来，滴在他白色的毛衣袖子上。

他惊悸地看着，狂乱地说："嫣然，嫣然，我错了！我错了！打我，骂我，我错了！错了！错了！"

嫣然闭上眼睛，泪珠终于成串滚落。她更用力地咬嘴唇，血沿着下巴流下去。那痛楚无以填塞心中的绝望，她骤然把自己的手腕送到唇边，张嘴一口狠狠地咬了下去，牙齿深陷进肌肉里，她用力得浑身都颤抖起来。安骋远又惊又痛又慌又昏乱。

"嫣然！"他大叫，"随你怎么惩罚，随你！"

凌康莫名其妙地跑了过来，紧张地喊："怎么回事？嫣然！你疯了？安公子！你打她一耳光，打醒她！她没理智了！你打呀！打醒她！"

安骋远摇头，他打不下去。一弯腰，他把嫣然整个横抱了起来，嫣然踢着脚挣扎，他紧抱着她，往屋内走。这一走，嫣然忍无可忍地张开嘴，哭着说："不回去！不回去！不回去！不回去……"

"好，"安骋远把她抱回小坦克，急促地说，"不回去！我们开车去别的地方！"

凌康看呆了。安骋远把嫣然抱进车子，倏然回头，对凌康大喊着说："进去！凌康！去守着巧眉！快去！"

凌康一震，怎么？难道不是嫣然和安骋远吵架，而是姐妹两个吵架了吗？他大惊，而且，心底有阵恐慌飞闪而过，他转过身子，立刻奔进大门里去了。

安骋远发动了车子，盲目地往前开去，小坦克居然立刻发动了，冲向雨雾蒙蒙的街头，向前面缓缓地滑行。嫣然经过这样一番挣扎和折腾，已经筋疲力尽，她瘫痪在驾驶座旁的位子里，靠在那儿，一动也不动。

车子驶向忠孝东路，转往中山北路，经过圆山大桥，上了内湖公路……安骋远没有目的地，只是机械化地开着车子，一路上，嫣然都紧闭着嘴不说话，安骋远更不知该说什么，沉默弥漫在车内。车子继续往前走，到了郊外的一条小溪旁边，安骋远停下车子，熄了火。

他把额头抵在驾驶盘上，心里像浇了一锅热油，五脏六腑都在痛。他知道必须向嫣然解释，却不知从何解释，今晚发生的事，再回想起来，像个梦，像个不该发生的梦。他深抽了口气，一时间，无法分析自己，抬起头来，他在那路灯幽暗的光线下去看嫣然。她靠在那儿，发丝凌乱，衣衫不整，满脸的雨和泪，嘴唇肿了，还在流血……从认识以来，从没看到她如此狼狈过。他在一种绞痛的情绪里，体会出一件事实，不管今晚发生了什么，他不能放弃嫣然。他爱她，他疯狂般爱着她！尽管他今晚曾把另一个女孩拥在怀中，尽管他为那个女孩也震动也怜惜……他仍然爱着嫣然。看她这样狼狈而无力地躺在那儿，他觉得每根神经、每根纤维都在痛楚。他爱她！从在图书馆里和她谈屠格涅夫、杰克·伦敦的时候起，他就爱她！可是，在这样执着的爱情里，怎会发生巧眉的事？

他不知道，他真的不知道。而发生过的事，是已经发生了，是无可挽回地发生过了。

"嫣然。"他轻声地、痛苦地喊了一声，伸出手去，他去抚摸她的面颊。

她用力一甩头，把他的手甩开。

他凝视她，用手抵住了额，苦恼地闭了闭眼睛。半晌，他振作了一下，从口袋里掏出一条干净的白手帕。他试着要去擦拭她唇边的血渍。她伸手一格，把他的手格开了，她转开了头，眼光迷蒙地看着车窗外面。

"嫣然，"他低声说，"我试着告诉你今晚的事，我不想逃避或推卸什么，我必须坦白告诉你，在那一瞬间，我情不自已。她像个沉在黑暗浪潮里的孩子，马上就要被淹没。她孤独而无助，她的琴声像生命的冲击，像呐喊，像悲歌。她穿得很少，又一直咳嗽，我走过去给她披一件外套……"他停住，看她，"你懂吗？就是这样。然后……"

她转回头来了，她的眼光落在他脸上了。她的眼神里没有责备，没有愤怒，没有怨恨……但是，却充满了彻底的绝望和悲痛。

"不用解释。"她终于开了口，声音虽然沙哑哽咽，却非常坚定。她的神志恢复了，她能够思想，能够分析了，"什么话都不用对我说，也不要再告诉我那一切，我不想听，也不想知道。"

"好，"他沉痛地看她，想看到她内心深处去，"我再也不提这件事，我保证以后也不会再发生这种事，你能原谅而当作它没发生过吗？"

她注视他，慢慢地摇了摇头。

"骋远，"她清清楚楚地说，"我们之间已经结束了，一切都结束了。你是自由的，可以自由地追任何女孩。"

他瞪着她，呼吸急促。

"你有权生气，"他低语，"你有权骂我责备我惩罚我。可是，我们之间不能结束，我不会让它结束，我爱你，嫣然。"

他伸手去托她的下巴。"我发誓我爱你，我发誓我爱你，

我发誓我爱你，我发誓我爱你……"他一迭声地重复着，额上冒出了冷汗，"说什么话都是多余，我知道这件事对你的打击有多重，我不敢再请求你原谅我，我只告诉你一句话：我发誓我爱你！"

她定定地看了他几秒钟。

"送我回家吧！"她冷冷地说，"总之，那是我的家，我还是要回去。"

"去我家。"他小心翼翼地说，"好不好？你不想回去，暂时不要回去，到我家去，我家里有客房，你可以住在客房里。"

她又定定地看了他几秒钟，眼神古怪而冷漠。冷漠得像冰块，坚硬而有棱角的冰块。

"送我回家！"她简短地说。

他不动，心脏紧缩成了一团。

"我怎样才能弥补？"他问。

"不要弥补，"她短促地说，"没有什么可弥补。在十六年前，我造成了一个错误，到今天都无法弥补。已发生的事从来无法弥补！"

他凝视她，眼里蒙上了雾气。千言万语，全不知如何说起。低下头，他想吻她，吻去她唇边的血渍，吻去她心上的伤痕，吻化那坚利的寒冰……他俯下头去。她迅速地打开车门，跳下车子去了。

他大惊，慌忙也跳下车子，她正想往公路上跑，他死命抱住了她。

"不要这样，嫣然，求你！"他喊着，"上车去，你冷得在发抖了，上车去！"

"你答应不碰我吗？"她问。

"好，我不碰你！"他咬牙说。

她上了车子。他回到驾驶座，关好了车门。他再定睛看她，忽然间，他明白了一件事，她那么绝望，那么严肃，那么冷峻，她不是在说气话，她真的在结束这件事，真的在结束她和他这段感情，她已经把她的心死死地封起来了，密密地封起来了。他浑身掠过了一阵寒战，心脏往下沉，往下沉，沉进了一个深不见底的深井里。

"嫣然，"他困难地开口，努力试图挽救，"不要让我们这么久的感情毁于一旦！想想看，我们那些值得回忆的日子，想想看！嫣然，想想淡水的海鲜，想想海边的渔火……我……我……"他再看她，忽然在她那冰冷的眼光下崩溃了，他大声喊了出来："你到底要怎么样？我错了！我不该一时忘情，我错了！我承认我错了！你还要怎么样？不要这样冷冰冰！你发火呀！你骂人呀！不要这样冷冰冰！我告诉你，我是绝不会结束这段感情的！"

她张大眼睛，声音僵硬。

"你是逼我下车了。"她又去开车门。

"好，好，好！"他屈服地喊，关紧了车门，"我送你回家，你现在在气头上，我说什么你都不会听。我送你回去，等你睡够了，我们再慢慢谈，好吗？"

她一语不发。他发动了车子。

车子又往回程的路上驶去，他全心悬在她身上，甚至没有去想，在卫家，另一个女孩和男孩，又会怎么样？

嫣然走进家门的时候，她仍然狼狈万状。头发是湿的，纷乱地披挂在面颊上，嘴唇上血渍犹存，衬衫又湿又脏又皱，手腕上，被自己咬得一片片瘀紫红肿……她知道自己这样走进去，父母一定会吓一大跳。当小坦克越来越接近家门时，她也越来越体会到，今晚的后遗症相当可怕。她不知道凌康会怎样想，巧眉会怎么说，甚至父母会怎么判断和反应……但是，当车子停在家门口的时候，她就知道了一件事：她不在乎，她什么都不在乎了。不在乎巧眉怎么说，不在乎凌康怎么想，不在乎父母的判断和反应……什么对她都不重要了。她只想好好地洗个热水澡，然后躺到床上去睡一觉。

客厅和花园里都灯火通明。

她走下车子，回头对安骋远说："你回家吧！不必进来了！"

"我送你进去。"骋远说，望望那灯火通明的花园和房子，惊怯地体会到这屋内可能会有的风暴。祸是他闯的，他不能逃避，不能再让嫣然受委屈。他必须进去，面对屋里的每一个人，因为，以后是一条长远的路，这些人将来都和他有密切关系，他迟早要面对凌康和巧眉。巧眉，哦，巧眉！他心里沉痛地想着，我们到底是怎么回事？他分析不出来，他也拒绝去分析，可是，他的良知在告诉他，当他拥她入怀时，他确实被她的柔弱无助美丽哀戚所震动。他命令她不可以糟蹋自己时，他真的为她那下意识的"慢性自杀"而生气。他不该拥她入怀，不该去给她披衣服，甚至不该悄悄走进那间琴房……无论如何，他还能在自己痛楚得要死掉的感觉里，体会出谁也无法取代嫣然！他或者会对巧眉"一时忘情"，他对嫣然，却是糅合了崇拜、爱慕、渴望、欣赏、依恋、宠爱……的种种复杂的感情。这感情太深了，太切了，太神奇了。神奇得只能意会而不能言传！

天！不管他对嫣然的感情有多神奇，多深切，他却让巧眉的事发生了。现在，他要走进卫家的客厅，他该怎么说？怎么对凌康说？怎么对卫氏夫妇说？甚至，怎么对巧眉说？或者，他应该听嫣然的话，回家去！等风波平息了，等时间冲淡了一些记忆，等他的脑筋再清楚一些……然后再回来面对卫家这一切。但，来不及了，大门洞开，来开门的是兰婷自己。

"哦！"兰婷吐出一口长气来，"你们可回来了！嫣然，你怎么弄成这样子？你摔跤了吗……"她停住，瞪视他们两个，花园里细雨纷飞，寒风刺骨，嫣然只穿了件单薄的衬衫，连大衣都没带出去。这儿不是谈话的地方，她关上院子的大门，说："不管怎样，你们先进来再说！"

嫣然和安骋远走进了客厅。

出乎意料，客厅里非常安静。仰贤沉坐在一张沙发中，正一支接一支地抽着烟。凌康坐在另一张沙发里，也一支接一支地抽着烟。这还是嫣然第一次看到凌康抽烟。至于巧眉——巧眉根本不在客厅里。

嫣然和安骋远一走进门来，两个男人都抬起了头，望着他们。仰贤眼里有关怀，有疑问。凌康却苍白、疲倦而脸色古怪。

"你们总算回来了！"凌康先开口，他盯着嫣然看，"你们哪一个可以告诉我们，今天晚上发生了什么事？"

嫣然惊愕得瞪大眼睛。原来他们都不知道！原来巧眉没有说！她不信任地看着凌康，半晌，才哑声问："你没有问巧眉？"

"巧眉不说呀！"凌康又猛抽了一口烟，吸得太猛，以至于呛得大咳了一阵，"你们走了之后，我进房来，就看到巧眉在琴房里哭，我问她什么她都不说，一个字也不说，只是哭。我问秀荷，秀荷说她和张妈在厨房里聊天，什么都没听见，只听到你最后大叫了一声，她们跑出来，你已经冲到院子里去了。我再问巧眉，巧眉就哭得更凶了，后来，她干脆跑进自己的卧室，锁上门，到现在都没出来过。卫伯母他们回家，伯母在门口叫了几百声，巧眉也不理，伯母急了，用备用钥匙开门进去，巧眉已经睡在床上了。我也顾不得礼貌，冲进去看她，她蜷在床上，脸朝着墙，既不肯回头，也不肯说话。伯母问急了，她才闷着声音说了一句：'去问姐姐！'好，我们只得退出来，你知道巧眉那个性，如果她不肯说，她就怎么也不会说的！现在，嫣然，你能不能告诉我们，发生了什么事？"

嫣然听着，听着。然后，她侧着头沉思，接着，她就歇斯底里地大笑了起来，不能控制地大笑了起来。巧眉巧眉，她心里嚷着：你真聪明，你什么都不说，把难题再抛到我身上来！巧眉巧眉，我欠了你、该了你、一辈子也还不清的债！去问姐姐！你要我说什么？说我"看到的"，还是说我"受到的"……她大笑，笑得眼泪都出来了。

安骋远冲上前去，脸色煞白。他抓住嫣然的胳膊，摇撼着她，呼唤着她："嫣然！不要这样子！嫣然，嫣然！"他沉痛地一仰头，坚决地说，"她不说，你也不必说，让我来说！"

嫣然立刻止住笑，抬头看他。她眼里亮着泪珠，神经质地点着头："好，你来说！"她扫视室内，"你们都听他说，只有他说得清楚！他是从头演到底的一场戏，我的角色只在门口大叫一声。让他说！让他说！"

凌康再抽口烟，面色更灰败了，他站在那儿，深刻地注视安骋远。

"好，安公子！请你说！"

"我看，今晚什么都别说了！"兰婷忽然惊悸起来，她那母性与女性的本能，和她那洞察人性的能力，使她惊觉到可能发生的事。她急促地拦了过来，急促地阻止即将爆发的另一场风暴："今晚什么都别说！大家都累了。嫣然，你又湿又冷，如果不赶快去洗个澡上床，你一定会生病！安骋远，你的气色也好不到哪里去，回家去吧，什么事都明天再说！凌康，你也回家。我保证你，明天是另外一天，什么事都会过去的……"

"不！"嫣然喊着，推开了母亲，脸上有副坚决的、狂野的神气，"让他说！你们都听他说！让他说！"

"嫣然，"卫仰贤插了进来，和兰婷一样，他开始体会到事态的严重，"不要任性了，你需要休息，我们也都累了，不管你们是怎么回事，我们都没力气管了……"

"他必须说！"嫣然打断了父亲，固执地嚷，"你们真奇怪，为什么今天的伤口，要留到明天来处理！壮士断腕，也是在一瞬间决定而执行！你们现在都在场，他正好说给每一个人听！安骁远！"她狂烈地喊，"你说话呀！说呀！"

"咔啦"一声，里面有间卧室的门开了，大家都不由自主地回过头去，巧眉穿了件睡袍，正稳定地、坚决地、一步一步地走了出来。她面色凝重，神态庄严，眉端唇角，有种不顾一切的决心。她站在客厅中间了，抬着头，她用沉静的、坦率的、清晰的声音，一个字一个字地说："你们都不要说！还是我来说！"

"巧眉！"兰婷想阻止。

"妈，"巧眉坚定不移地，"你别阻止我，姐姐说得对。今天的伤口，不能留到明天来处理！该开刀就开刀，该缝线就缝线，该锯胳膊锯腿就锯胳膊锯腿！"

大家都呆住了，大家都望着她。她站在那儿，白皙的面颊，乌黑的长发，淡紫的睡袍……美丽得像个仙子，像个不食人间烟火的仙子。

"我要告诉你们今晚发生了些什么。"她继续说，"但是，说以前，我要先说一些我心里的话，一些你们都不了解我的地方。"她舔了舔嘴唇，眉头轻蹙，神态更庄重更严肃了。

"我是个很虚荣的女孩。我不知道别的女人怎么样，我承认我是虚荣的，我有占有欲，我有征服感。我六岁失明，从此看不到这个世界，也看不到我自己。悲哀的是，我如果一出生就失明，我对颜色、光线、美丑可能都没有概念，我就也不会这么痛苦了，也不会虚荣了。六岁，我已经知道天是蓝的，云是白的，树是绿的，花是红的；姐姐是可爱的，而我自己——巧眉是美丽的。这些年来，我虽然生活在黑暗里，我仍然记住一件事，我没有失去我的美丽。小时候，我学琴学得又疯狂又专注，我不相信有别的瞎子像我这样用功，去整章整段地背乐谱，摸索着练琴，而我做到了。因为我虚荣，我希望我除了美丽以外，还有别的吸引人的地方。姐姐，"她转向嫣然的方向，面对嫣然，她的方向感是非常正确的，她坦率地面对着嫣然，"姐姐，我们两个都不敢说破，两个都生活在一种虚伪的境界里。姐姐，你知道我多恨你吗？你知道我多嫉妒你吗？每个早晨，我被鸟声吵醒，我就清楚地记起那个早晨，那飘荡到天空里的秋千。我记得我说，姐姐，我们去滑滑梯好不好？你说，不好不好。于是，我上了秋千；于是，我摔了下来；于是，我从此失去了视力。"

嫣然凝视着巧眉，听得呆了，痴了，入神了。

"姐姐，我现在并不是责备你，我知道这件事带给你的痛苦并不亚于我，我只是说出一件'事实'。我的潜意识在恨你、怪你、嫉妒你，因为你没有瞎，而我瞎了。我的明意识却不许我有这样的思想，我的良心和良知一直在提醒自己，姐姐没有错，姐姐爱我、保护我、照顾我……事实上，这些年来，你确实努力照顾我，我吃的、我穿的、我用的……全是你在做。我想，别的姐姐不会这样照顾妹妹，你对我，除了本能的手足之爱，还有'赎罪'，你在'赎罪'，为你十六年前的一个无心之失'赎罪'，我想，你和我一样矛盾。潜意识里，你大概也恨我，因为我的存在，时时刻刻在提醒你的过失。而明意识里，你的良心和良知也在提醒你，你应该爱我、照顾我。我想，我们两个都一直生活在过去与现在的痛苦里，也生活在爱与恨的矛盾里。尽管我们嘴中都不会承认，我们却确实在恨对方，爱对方。而且，也在暗中竞争。"

卫仰贤的香烟几乎烧到了手指，他慌忙熄灭了烟蒂，呆望着巧眉。兰婷靠在一张沙发中，眼里凝聚着泪，喉咙中哽着硬块，无法出声。凌康专注地看着巧眉，忘形地一支又一支地接着抽烟，安骋远始终站在嫣然身后，带着种崭新的感觉，惊奇地听着看着。嫣然是一尊石像，她站在那儿，不笑，不动，不说话，就像一尊石像。

"姐姐，"巧眉顿了顿，换了口气，声音更诚挚了，"我们在竞争，一直在竞争，但是，每次都是你输了，不是你打不赢我，而是你很容易弃权。只要你发现我们在竞争，你立刻就弃权，让我不战而胜。想想看，是不是这样？小时候，我们一起学钢琴，你能看谱，比我的进度快，学得比我好，可是，你半途而废，让我学，你不学了。你那么爱音乐，宁可去学吉他或电子琴，你就是不碰家里的钢琴。因为，你的良心在告诉你，妹妹已经瞎了，难得她对钢琴有兴趣，让她去学吧，你弃权了。小时候，是学习上的竞争，大了，就牵涉男朋友了。"

嫣然震动了一下，仍然不说话。室内静悄悄的，一点声音都没有。巧眉低低地叹了口气，她挺了挺背脊，脸上的神情几乎是勇敢的。

"凌康是你的男朋友，不是我的！"她清楚地说，"你的错误是太早带他回家，太早让他见到我。我那时才十六岁，几乎是个孩子，说真话，我并不想抢你的男朋友。但是，十六岁的少女也已懂得虚荣。姐姐，你永远不会明白，我的失明让我很无助，这份无助、柔弱、悲哀和无可奈何……加上我本身的气质，我弹琴的技术，我想，我会变得很有吸引力，很惹人怜爱的。唉，姐姐，我并不是有意，我是不知不觉地在利用我这份柔弱和无助，利用我的失明，来引起别人的注意。一定的！"她侧着头沉思，侧着头分析自己："一定是这样！"她重复了一句。"于是，凌康转移目标了，于是，你就像练琴一样，立刻弃权。你根本不和我竞争下去，因为，你的良心又在告诉你，妹妹已经瞎了，如果凌康爱她，你只能从旁协助，而不能从中破坏。于是，你退到十万八千里以外去，让凌康和我接近。可是，在潜意识中，你很介意凌康这件事，这伤到了你的自尊和骄傲，你很伤心。所以，我一直不想和凌康好的，我一直在抗拒他的，我的良知也在责备我自己，责备我抢你的男朋友……但是，唉！"她长长地叹了口气，"我们现在不要谈凌康，让我说到主题上来，今天晚上，到底发生了什么。"

她停住了，低下头去，沉思着。嫣然又战栗了一下，凌康整个人都从沙发深处挺直了起来。安骈远咬住嘴唇，困惑地看着巧眉，似乎忘记他自己是今晚故事中的男主角了。卫仰贤和兰婷都集中了精神，呆呆地注视着巧眉。

"今晚，实在是太不凑巧！"她又抬起头来，又继续说了下去，她脸色更坚定了，在坚定中，还有种特殊的勇敢和美丽，"今晚我相当消沉，我想，大概是天气的关系，又冷又雨，我又有些感冒。然后，全家的人都不在家，只剩我一个，我就更加消沉起来。当我消沉的时候，我会把所有不愉快的事都想起来。我去弹琴，弹《悲怆》，弹《命运》……我觉得《悲怆》加《命运》，就是我自己。对不起，凌康。"她对凌康的方向点点头。

"我又自怜起来，不可救药地自怜起来。这时候，安骋远来了，我没听到他什么时候进琴房的，我太专心在弹琴和自怜上。等我弹完了，他叹了口气，我才发现他在房间里。唉，姐姐，"她的脸直对着嫣然，"不瞒你，自从你把安骋远带回家来，我那卑鄙的'虚荣'也曾作祟过。在我身体里，一直有两个自我，一个是又好又善良又纯洁的，一个是又坏又虚荣又卑鄙的。这两个自我常常打架，打得我头昏脑涨。安公子来我家后，我那个坏的自我一度蠢蠢欲动，只是被那个好的自我给压制住了。而安公子虽然注意了我，却完全没有被我娇弱无助的那一套迷惑住。直到今天晚上。今晚，由于家里没有人，由于我确实消沉，由于我弹出了我的悲怆和命运……安公子听到了，他想安慰我，他走过来给我披上一件毛衣，他说：'我讨厌你糟蹋自己！'唉，姐姐，我那个坏我立刻作祟了，我知道他在可怜我，我马上就利用起来，他给我披衣服那一刹那，我抓住了他的手，而且投进他怀里去了。"

全屋子的人都呆着。

第八章

凌康的背挺得笔直笔直，眼睛瞪得像两个龙眼核。

卫仰贤张着嘴，兰婷蹙起了眉。

嫣然依旧是尊石膏像，只是眼睛变得深不可测了。

安骋远惊悸地震动了一下，深思着。

"姐姐，"巧眉又开了口，声音哑哑的，说了太多话，她又咳起来了，她控制住了咳嗽，继续说，"这就是你今晚看到的。你气得尖叫着跑走之后，我那个好自我也气得快疯了，因为我那么虚荣那么卑鄙！所以，我哭了。所以，我现在出来，向你们招供所有的事实。同时，我有句必须要说的话，安公子！"她喊。安骋远惊跳了一下，瞪着她。"请你千万别自作多情，今晚，不管是阿猫阿狗来给我披衣服，我都会投到他怀里去，这只是情绪加上虚荣的后果，与爱情毫无关系。"

安骋远静静地站着，他轻蹙了一下眉，眼眶竟微微有些湿润。他不说话，只是深深地透了口气。

"姐姐，"巧眉又面对着嫣然了，"我知道你的感觉，易地而处，我可能比你更生气。你恨我。本来，你潜意识中就恨我，现在，从潜意识转为明意识，你看透我了！你看到那个坏的我了，虚荣，卑鄙，利用自己的失明，去诱惑别人，恨不得让天下男生，都拜倒在我的面前。你已经认清楚了我，所以，我不向你道歉，也不求你原谅——"她仰了仰下巴，有股坚强的傲气。"你欠了我，姐姐。"她低语，"现在，你的债已经还完了。你可以继续恨我，你也可以继续爱我，我不在乎。"她微笑了一下，那微笑飘忽地从她唇边掠过，几乎难以觉察。"你也可以——像以前一样，又恨我又爱我。我不在乎。至于你和安公子之间，是你们的账，事情经过，我已经说得很清楚了，如果你怪他恨他，甚至为这件事和他断绝来往，我都管不着了。反正，我也无法让发生过的事变成没发生过。现在……"

她停住了。然后，她转过身子，非常准确地走向凌康，停在凌康面前了。

"轮到你了，凌康。"她说。

凌康昏乱而迷惑地凝视她，脸上一股迷失的神气，像个陷在浓雾中、找不着出路的孩子。

"凌康，"她的声音放柔和了，柔和到了顶点，柔和得像春天的微风，熏人欲醉，她脸上有种奇异的光彩，充满了感情，充满了坦荡，"你应该认清我了，你曾经叫我不要自卑，不要自怜，你不知道自卑和自怜一直是我的武器，你也是被我这武器所俘虏的。我不知道在以后的日子里，我这劣根性会不会再发作。我对自己一点把握都没有。所以，你要想清楚。我当着我父母的面问你，你还要不要我？"

凌康怔住，呼吸不稳定，他直直地看着她，困惑已消，浓雾已散，他眼神热烈而带着点鸷猛。

"问题不是我要不要你，是你要不要我？"他说。

"你知道我要你。"她低而清晰地说，语气既坚定又温柔，"我一直要你。那个坏的自我为了虚荣和征服感而要你，那个好的自我为了你的善良、热情和才气而要你。我一共只有两个自我，这两个自我都要你！"

"那么，"凌康粗暴地说，粗暴中夹带着凶猛的热情，"你问我干什么？你以为我会为了你扑进安公子的怀里而不要你吗？那你就太小看我了！别说你只是一时忘形，就算你真的爱上了他，我也要把你抢回来的！所以，我要你，要定了！"

"连我的虚荣都要吗？连我的缺点都要吗？"她的脸发着光，嘴唇润润的，"连我的自卑自怜都要吗？而且，记住我是看不见的，我不可能当一个好妻子！"

"管你的缺点，管你的自卑自怜！"凌康语气激动，"我要这个完整的你，包括你所有的一切！"

"如果我以后再犯了毛病呢？"

"我不会允许你再犯毛病！"他稳定坚决地说，"当你的征服感已经完全满足的时候，你就不会再想征服。我会让你满足，我不会让你的心灵再有空隙！不会让你再消沉落寞！"

"好！"巧眉把双手伸给凌康，凌康立即接住这双手，紧紧地握住了。"好！"巧眉再说，"凌康，前两天你跟我谈到婚姻，你知道，我很怕结婚，那对我是一个很大的挑战，我怕我不能适应婚姻生活。可是，现在，我答应你，我努力地去学着做个好太太。我希望，在最短的时间之内嫁给你！我不在乎排场，反正我看不见！"

"巧眉！"凌康惊喜交集，紧握住她。他脸孔发热，眼睛发光，但他仍然很理智地问了一句："你突然决定结婚，是因为爱我呢？还是因为今晚的刺激？"

"都有。"她答得干脆，"我承认，我急于结婚，因为——我急于安定下来，急于把自己完全地托付给你！"

"好！"凌康转向卫仰贤夫妇，"伯父，伯母，你们允许我们尽快结婚吗？"兰婷满眼眶泪水。

"我会舍不得巧眉。"她说，"可是，我想，这不是失去而是获得。凌康，你一直是我心目中的女婿！"

卫仰贤只是颔首不语。他不断地颔首，轻轻地叹息。

于是，巧眉依偎在凌康怀中，轻声说："那么，一切都弄清楚了。我很累很累，我要去睡了。凌康，你也不用避嫌了，你来陪陪我，好吗？到我卧室里来，等我睡着了，你再走，好吗？"

凌康没说话，只用事实来答复，他对卫氏夫妇点点头，再对嫣然和安骋远深刻地看了一眼，就挽着巧眉，很庄严、很稳重、很坚定地走开，走进巧眉的卧室里去了。

暴风雨并没有来，暴风雨的气息也已过去。

室内静了一会儿。

终于，嫣然筋疲力尽地跌坐在一张沙发里。

兰婷拉了拉卫仰贤的袖子："我们也去睡吧！"她说，看看嫣然，再看看安骋远。对他们说，"我把客厅留给你们两个。嫣然，不要太倔强了。放宽了心胸，你自己会快乐，你身边的人也会快乐。幸与不幸，往往只在一念之间！"

兰婷和卫仰贤也走了。

室内剩下了嫣然和安骋远。

夜已经很深很深了。

嫣然沉坐在那沙发中，不动，也不说话，她在沉思。安骋远望着她，她的湿衣服已经干了，脸色非常白，眼珠非常黑。她依然狼狈，狼狈而疲倦，她看来已毫无力气。一时之间，他不敢对她说什么，只怕张开嘴来，什么话都是错的。然后，他去浴室拿了她的毛巾，打开热水龙头，他扭了一个热毛巾出来，递给她。她顺从地接过去，擦干净了自己的脸和手。他拿走毛巾，再为她递来一杯热茶，她握着茶杯，大大地喝了口茶，深深地吐出一口气来，她凝视着茶杯中袅袅上升的雾气，出着神。她的脸色稍稍好转了一些，但她的神志，却深埋在一个他接触不到的世界里。他又心慌起来，本能在告诉他，虽然巧眉说了那么多，嫣然可能会原谅巧眉，毕竟她们是亲姐妹，毕竟她们一向相亲相爱。可是，他呢？嫣然凭什么原谅他呢？他叹口气，拉了张矮凳，他坐在嫣然的对面。好吧，今天的伤口，不要留到明天去处理，该开刀就开刀，该缝线就缝线，该锯胳膊锯腿就锯胳膊锯腿！他再叹口气，从她手中轻轻地拿掉茶杯，再把她的双手紧握在自己的双手中。

她战栗了一下，但她没有动，没有挣开他，没有抗拒他。

她很柔顺，太柔顺了。他不安地去看她的眼睛，她的睫毛低垂着，眼光望着下面。她仍然停留在那个他所接触不到的世界里。

"嫣然！"他柔声低唤，握紧她，"嫣然！"

她震动了一下，似乎回过神来了，她抬眼看他，深深切切地看他，眼光沉痛而悲哀。这种悲哀打倒了他，他恐惧地拿起她的手，把嘴唇炙热地贴在她的手背上。她依旧很柔顺，一点都不抗拒他。

他放下她的手，忽然觉得，她这种沉默的、柔顺的悲切，比她刚刚在街上又哭又叫又发疯更让他心惊肉跳，他觉得她在远离他，像一艘黑暗中的小船，正无声无息地从他身边飘开，把他孤独地留在暗夜的茫茫大海中。

"嫣然，"他震颤着低喊，"你说一点什么，随你说一点什么，让我知道你怎么想！"

她再度抬眼看他，嘴唇轻轻嚅动了一下，却没有发出声音。他紧张地摇撼她，焦灼地问："你说什么？"

她努力振作，挺了挺背脊，她看来不胜寒瑟。终于，她开了口，她的声音沙嘎暗哑，低柔无力："只想问你一个问题。"

"你问！"他急切地说，急切地看她，只要她肯开口，什么都好办，他现在才体会到，最让人受不了的是沉默，那使他陷入困境而手足失措。

"巧眉今晚说了很多，"她困难地咽了一口口水，提到"巧眉"两字，她浑身都痉挛了，"我从不知道她有这么好的口才，也从不知道她有这样深刻的思想。她说的故事很完整，很可信。不过，我有一点怀疑，请你坦白地回答我！"

"好。"他说着，心脏却由于紧张而痛楚起来，"你问，我一定坦白回答。"

"巧眉说她投入你的怀里去了，"她静静地盯着他，静静地说，"是她主动投入你怀里的，还是你主动去抱她的？"

他凝视她。嫣然嫣然，他心中在低叹！你为什么要这样敏锐？你又为什么要继续追究呢？你难道不了解，人生许多事，糊涂一点反而幸福吗？他侧着头看她，眼前浮起巧眉侃侃而谈的样子。巧眉，你聪明绝顶，你仍然骗不了嫣然。

"我已经问了，"她睁大了眼睛，"你为什么不回答？不愿意回答？"

"愿意。"他低沉而坦白地，"是我主动。"他答得非常简短。

她点点头，对这答案一点也没有意外。然后，她又开始沉思，又进入那个他走不进去的世界。他坐在那儿，忽然感到很绝望很无助，他觉得现在自己像囚犯，只等她来宣判他的刑期，死刑、无期徒刑，或是流放到蛮荒里去。

"你——爱她吗？"她忽然问，问得温柔而清晰。

他惊颤着看她。她的眼睛静静地瞅着他，黑白分明，朗如秋月。他咬住了嘴唇，想着这问题。然后，他很真挚地看她，很恳切、很诚实地回答："我不知道。我想，我很被她吸引。像她自己说的，她柔弱无助，她勾引起我心里的一种很难解释的感情——有怜爱，有惋惜，有同情。我永远不太可能分析出这种感情，算不算爱情。可是，嫣然，我对你是不一样的，我对你没有惋惜，没有怜悯，反而，有种近乎崇拜的尊敬，你让我从心底折服，从心底渴望，从心底热爱。这种感情很强烈，简直是有震撼和摧毁力的，我无以名之，我只能称它为——爱情。"

她深深切切地看他。

"你知道吗？安公子，"她挑起眉毛，眼里有了泪水，"你的说服力很可怕，难怪巧眉……"她咽住了，再定睛看他。

"好，"她终于说，"我相信你！"

他感激地长叹，把脸埋进她的手心中。

片刻，他抬起头来，发现她仍然若有所思地坐着，仍然陷在那陌生的世界里。"好了，你可以回去了。"她疲倦而安静地说，"给我一星期的时间。"

"一星期？"他愕然地，"什么意思？"

"一星期之中，不要来找我，不要打电话来，不要到图书馆，也不要到家里来！给我一星期时间，让我冷静下来，让我想清楚，以后该怎么办。"

"嫣然！"他又惊又惧又悲痛，"你说你已经相信了我！"

"我确实相信你，可是，我现在不相信自己了！"

"什么叫不相信自己？"他的嘴唇发白了。

"不相信我还能爱，不相信我还有力量抓牢爱情。骋远，"她幽幽叹息，脸上的倦意更重更重了，"巧眉说她自卑自怜，其实，真正自卑自怜的是我。她不了解，她使我自惭形秽。她不能看，却处处赢我。我不再相信自己了，我必须要好好地想一想。请你放掉我，一星期后，我给你一个肯定的答复。"

"怎么叫肯定的答复？"他的血液全往脑子里冲去。

"是聚还是散。"她清楚地说。

他不能呼吸。然后，他握紧她的手，凑近她，他去看她的眼睛、她的脸。她的脸孔悲切，她的眼神绝望。他心中一阵剧烈的抽搐，知道她说的是真的。她失去所有的信心了，失去一个女人对自己基本的信心了。他恨自己的坦白，恨自己的诚实，他该告诉她，是巧眉主动的，可是，如果他那样说，他一定会更恨自己的卑鄙。他心痛地凝视嫣然，在这一刹那，他心中对她的感情竟更大地迈了一大步。他刚说过对她没有怜惜，这一刻，他对她却充满了怜惜！他知道他不能失去她，可以失去全世界，不能失去她！这样想着，他就迫切地把她拥进怀里，低头找寻她的嘴唇，他把唇紧压在她的唇上。

她没有挣扎，没有动，也没有反应。他抬起头来，更加心慌意乱。

"嫣然，"他低语，沉痛而狂热，"我无法等一星期，我在这一星期内已经死掉了。"

"你不会死。"她疲倦地说，"不过，假若你不肯等这一星期，我也可以马上做决定……"

他立刻用手蒙住她的嘴，睁大眼睛，惊惧地看她。

"好，"他短促地说，"我等。"

"这一星期里，希望你完全不要打扰我，让我们彻底分开一段时间。同时，你也可以利用这段时间，好好地想一下。"

"我不要想！"他郁闷地说，郁闷中带着几分怒气，"我不懂你为什么要这样折磨我们彼此？我不懂你为什么失去信心？我已经这样强烈地向你表白过了，我爱你要你，你为什么还没信心？哦！我懂了……"他咬牙说，"今晚我才知道，凌康原来是你的男朋友！或者，你根本没爱过我，或者，你始终爱着凌康……"

她抬起头来，惊愕地看他，眼神古怪，绝望透顶。她从沙发里站了起来，往卧房走去，嘴里简单地说了两个字："再见！"

他飞快地拦住了她，哀求地看着她。

"我又说错话！"他昏乱地说，"你弄得我六神无主，弄得我快发神经病了！不，不，"他叹气，注视她，"都是我的错。我不怪你，我听你的，我会等一星期。不要这么绝望，也不要这么绝情……"他深刻地看她，"你记住，你妈说得好，幸与不幸，都在你一念之间！我会等，我不打扰你。"

"我累了。"她说，"放开我！我要睡觉了。"

他不由自主地放开她，她确实好累好累了，她苍白得让人心痛。

"再见！"她再说，走进了卧室。

接下来的一星期，对每个人来说，都是非常难挨的一星期。嫣然和巧眉之间的那份亲爱与和谐，已完全破坏了。嫣然避免和巧眉见面，一大早，她连早餐都不吃，就跑去上班了。晚上也不回家吃晚饭，整晚和方洁心罩得住混在一起。要不然就一个人跑去看电影，连看两场，深更半夜才回来。回了家，就把自己关进卧室，锁上门，即使兰婷叫她，她也不开门，只说"睡觉了"。她不止在逃避巧眉，她也逃避凌康，逃避父母，逃避每一个人。

巧眉不说什么，却积极地筹备着婚事。双方家长也正式见面，凌康的父母对这门亲事显然极端不满，凌康是独子，父母都知道他和卫家姐妹来往密切，都以为他追的是姐姐，怎么也没想到要娶妹妹。娶一个瞎眼的儿媳妇，两位老人家心里是万分的不甘愿，可是，凌康以一种坚决得近乎拼命的神气，宣称"娶巧眉娶定了"！两老害怕失去儿子，只得勉强接受这个准儿媳。于是，订戒指，做礼服，印请帖，把凌康的卧室改为洞房，油漆粉刷，添购家具……再怎么不排场，不铺张，结婚总是结婚，总有那么多事要做。巧眉也忙得团团转。何况，她的感冒一直没好透，再一忙，就发起烧来，于是，兰婷又请医生，给她吃药、打针……生活中是一片忙碌、凌乱，和各种复杂感情下造成的"僵局"。

安公子很守信用，他一星期没有找嫣然，不去图书馆，也不去卫家，甚至不打电话。但是，第一天下班的时候，嫣然收到一束红色的秋牡丹，是一家花店的孩子送来的，上面附着一张短笺："他们说秋牡丹代表期待，记着我在期待期待期待，每一秒钟是一万个期待，请计算一天里有多少期待？"

第二天下班时，嫣然收到一束黄色的水仙，同样，附着一张短笺："他们说黄水仙代表希望，记着我在希望希望希望，第二天比第一天更加难挨，苦难里唯有希望希望希望！"

第三天，是一束紫色的郁金香，短笺上写着："紫色郁金香象征永恒的爱，难道这永恒竟会变为短暂，无论如何我献上这束鲜花，也献上我的歉意和无尽的爱！"

第四天，是蓝色的三色堇，短笺上写着："请想念我！三色堇这样说！请想念我！我不敢这样说！第四个日子里有多少煎熬，请原谅我！我只能这样说！"

第五天，她收到了白色的千日莲。

"这花的名字叫千日莲，它代表着深深的盼望，可是它说不清我的盼望，我早已被盼望烧得疯狂！"

第六天，是一束红玫瑰。

"第六个日子里只有爱，所有的痛苦但愿快快结束，爱你爱你爱你只是爱你，信与不信，幸与不幸，都在你一念之间！"

第七天，她下班时，没有人送花来了。走出图书馆，她就一眼看到了那辆小坦克。安骋远从车子中走下来，手里拿着七朵花，七种颜色，像一束彩虹。他停在她面前，憔悴，瘦削，两眼深陷。他一语不发，只把那束花交在她手中。她看看花，看看他，眼眶发热，喉中哽着硬块，她不敢说话，怕一开口就会哭出来。他也不问什么，只是深深看她，深深看她，用那阴鸷忧郁憔悴而热烈的眼神深深看她，看得她心都碎了。然后，他揽着她，走向那辆小坦克。两人都始终不说话。她默默地上了车，他发动了车子。她把七朵花送到鼻尖去，才发现上面挂了张小小的问候卡，写着："七朵花有七个颜色，七个日子有七种相思，终于挨过了这漫长的七日，从今而后是崭新的开始！"

她看着，眼泪滴在花瓣上，像一颗颗晶莹的露珠。

他不看她，只是闷着头开车，车子一直往郊外驶去，她茫然地瞪着车窗外，泪眼看出去，什么都模模糊糊的，最后，车子停了，她定睛一看，是淡水郊外的海边！在这儿，他们倾心相许；在这儿，他们庆祝过第五十三个纪念日；在这儿，她为他献上了初吻。

他熄了火，没下车，转过头来，他终于面对着她，终于慢吞吞地开了口："刑期已经满了，是不是？"

她掉泪，不说话。

他拿出手帕，用手托住她的下巴，细心地、仔细地拭去她的眼泪。他再用唇轻触她的面颊，吻掉那些眼泪，然后，他低声问："你想过了？"

她点头。

"是聚还是散？"他屏息地。

她抬眼看他，柔肠百转。然后，她扑过去，扑进了他的怀里，她把满是泪的脸紧偎在他脸上，用手紧紧紧紧地抱住他的腰，她哭着喊："你以后再也不可以去拥抱别的女人！再也不可以！哦，骋远，"她泪如泉涌，"我恨你恨你恨你恨你……"她一连串喊出十几个"恨你"，直到他用唇狂热地堵住了她。他吻着她，疯狂地、野蛮地、强烈地吻她。花束落到地上去了，他们的拥抱挤碎了花瓣，七种相思都纷纷飘散，七种相思都在这一吻中成为过去，而在记忆中成为永恒。

嫣然和安骋远讲和了，又恢复了往日的感情，而且，他们变得比以前更好了，更密切了，更相爱了。但是，每当面对巧眉和凌康的时候，尴尬仍然存在。他们都有了心病，都小心地保持距离，往日那种四个人在一起又谈又笑又叫又闹的日子不再来临了。至于在老爷车上大唱"咳咳咔咔，嘭嘭其其"的情景，更成为了历史上的陈迹。

巧眉和凌康的婚期定在二月五日，时间很急促，兰婷整天陪着巧眉买衣料，做衣服，买首饰，买鞋子。妹妹抢在姐姐之前结婚，原有些怪异，尤其嫣然也有男朋友。但是，兰婷知道，这婚事还是越早办越好，免得夜长梦多。虽然家里在筹备喜事，气氛却很低落。这是第一次，嫣然对巧眉的服装、饰物一概不闻不问，她仍然早出晚归，连星期天都不在家。她和巧眉间，已经僵到不讲话的地步。兰婷看在眼里，痛在心里，却一点办法都没有。她知道两个女儿的个性都很强，看样子，无法让她们再相亲相爱了。兰婷把希望寄托在巧眉婚后，等尘埃落定，时间会缝合伤口。而且，两个男孩子应该比较洒脱，或者会成为姐妹间的桥梁。

离巧眉的婚期只剩三天了。

这晚，嫣然照例又是很晚回家，安公子把她送到门口，也没进来坐。她几乎立刻就进了卧房，到浴室去洗了澡，她上了床。

门上有轻轻的敲门声。

是母亲，她想。母亲一定受不了她和巧眉的冷战了。

"门没锁。"她喊，天气太冷，她不想从热被窝里面爬出来。

门开了。她看过去，吃了一惊，巧眉只穿着件睡袍，走进门来。她反手关上房门，立刻走到床边来，站在床边，她低头对着嫣然，急促地说："姐姐，能跟你说两句话吗？"

"你说！"她简短地答。

"我知道你一直在生气，"她困难地说，咳了两声，她的咳嗽还没好，"可是，我实在受不了你不理我，如果我们就这样不讲话，让你一直恨我，我……我实在无法安心。你知道，我……我也快离开这个家了。你能……让我没有遗憾地离开吗？你能原谅我吗？哦！姐姐！"她忽然在床前跪了下来，泪水夺眶而出，"原谅我！姐姐！"

嫣然跳起来，去拉住她的手。她的手冻得冰冷，嫣然把她从地上拉起来，直拉到床上。她哽塞地说："快到我被窝里来，你都冻僵了。马上就要结婚了，还是不会照顾自己！"

巧眉钻进了她的被窝，嫣然用棉被把她和自己一起紧紧裹住，她用双手环抱着巧眉，抚摸着她瘦瘦的肩膀和背脊……

突然间，她忍无可忍，拥着巧眉，她哭了。她哭巧眉的瘦弱，她哭巧眉的失明，她哭巧眉终于要离家而去，她哭自己的残忍，她哭那些失去的欢乐，她哭那份被破坏的手足之情……

她这一哭，巧眉也哭了。蜷缩在嫣然怀中，巧眉哭着把头依偎在嫣然肩上，喘着气说："姐姐，我并没有真的恨过你，不管怎样，我爱你绝对超过我恨你！那天晚上，我是鬼迷心窍……"

"嘘!"嫣然轻嘘着,阻止她再说下去,她紧紧地搂着她,用自己的身子熨暖了她的身子。她抚摸她,不停不停地抚摸她,两人的泪水沾湿了枕头。"别说了!"她低语,"都过去了。巧眉,都过去了。坦白说,我也没恨过你,这些日子来,我只是拉不下面子跟你讲话……我们再也不要提了,巧眉,你还是我唯一的、最最亲爱的妹妹!"

巧眉深深吸了口气。

"姐姐,有你这句话,什么都够了!"

这夜,她们就紧拥在一张床上,直睡到天亮。

巧眉和凌康终于结婚了。

婚礼简单而隆重,一点也没铺张,双方都只请了至亲好友,填了结婚证书,走过红色毡毹,交换了结婚戒指,掀起了遮面的婚纱……礼成。亲友们大吃一顿,鞭炮放得震天价响,然后,巧眉就成了凌康的新妇。

凌康家境不坏,他们住在仁爱路一栋公寓大厦里,高踞第十一楼,大约占了二百五十平方米左右的面积。在寸土寸金的台北市,二百多平方米的大厦住宅已经算很大了。当然,它不能和卫家的花园住宅相比,毕竟,在工业社会迅速发展下,台北没有太多的花园住宅了。巧眉婚前,已经和凌康来过凌家两次,每次以做客的身份,停留的时间都很短,可是,一下子,她就由卫家那娇滴滴的小女儿,变成了凌家的儿媳妇,住进凌家来了。

巧眉和凌康占有一间很大的卧室,是间套房,有自用的浴室。这卧室中，除了床以外，还有一架簇新的钢琴。钢琴是卫家的陪嫁，卫家把原来的旧琴保留在琴房里，以便巧眉回娘家小住时弹弹，而且，那间琴房的一桌一椅，那钢琴的每个琴键，都有巧眉的影子，他们舍不得送走这架琴，也舍不得破坏这个房间。所以，他们买了架更新更好的琴给巧眉。

凌家把琴放在卧房而不放在客厅，也用心良苦，他们知道巧眉不会喜欢在凌家川流不息的商场朋友，或凌太太的牌友间表演弹琴。

凌家有五房两厅，客厅餐厅以外，凌康的父母拥有一间卧室，一间客房兼娱乐（麻将）间。凌康除了卧室外，还有个小书房，因为他爱书成癖，又办了个杂志社，所以，书房必不可免，书房中，堆满了书籍报纸，书桌上堆满了文具稿纸剪贴簿和校对稿，这是整个家庭里最乱的一间房间。然后，还有一间是秋娥住的。秋娥是凌家二十几年都没换的女佣，相当于卫家的秀荷。

第九章

新婚，巧眉曲意承欢，凌康爱护备至，两老也诚恳地迎接着新妇，他们的生活相当和谐。当然，对巧眉而言，毕竟有许多不便，他们没有出去度蜜月，因为巧眉反正看不见什么，名山大川对她都没有意义。而凌康的杂志每月出一本，工作天天堆积如山，主编离开，杂志一定脱期。所以，他们几乎一结婚就进入了家庭生活。凌康追了六年，总算娶到巧眉，他已心满意足。巧眉初进凌家，事事不便，头几天，她总是摔跤，不是被椅子绊倒，就是被桌角绊倒，甚至，被地上无意放着的靠垫、矮凳、书籍、摆饰……滑倒绊倒。凌家没有把东西放在固定位置的习惯。几天下来，她膝上手腕上，都摔得青一块紫一块。凌康的母亲是个好人，心地善良却大而化之，多年来养尊处优的生活使她略带骄气。凌康是她心中的宝贝，全世界没有第二个男孩可以和凌康比。巧眉双目失明，居然掳获了凌康，对她而言，巧眉是太太太"高攀"了。

因而，对巧眉摸索的行动，她看来不惯，对巧眉一天到晚摔跤，打破东西，她惊奇而懊恼。每次巧眉一摔，她就提高了八度的嗓门，惊愕地嚷："怎么？又摔跤了哦？秋娥！秋娥！赶快扶她起来！我看，得给她雇个小丫头才行，整天扶着走。唉唉！巧眉，你在娘家是怎么过的呀！也是这样东倒西歪的吗？"

　　巧眉不敢说什么，不敢告诉婆婆家里没这么多家具，地毯从头铺到底，所有的东西都有固定位置……而家中每一个人，对她的行动都关怀备至，从不"允许"有东西绊倒她。她什么都不敢说。凌老太太的大嗓门和经常夸大的呼叫，以及爱说话爱命令的习惯，都使她陌生而惊怯。于是，她每次摔跤，自己就先吓得要命，只是一迭声地抱歉："对不起，对不起，我又没注意这张椅子！"

　　凌康是不同的，她摔了，凌康心痛得要死，第一个反应就是骂秋娥："秋娥！这张椅子明明在餐厅的，怎么搬到客厅里来了！秋娥，跟你讲了几百次了，东西的位置要固定，你怎么总记不住！秋娥！秋娥！这老虎皮从哪儿冒出来的……"

　　秋娥可真委屈，在凌家做了二十几年，没受过这么多吆喝。于是，有一天，秋娥忍无可忍地叉着腰对凌康吼了回去："你可是我从小抱大的，二十几年来，连先生太太都没吼过我，你现在娶了媳妇神气了。天下女人几千几万，你偏偏选一个会摔跤的！怪我东西没放对，怎么你们从来不摔呀！再骂我，我就不干哩！"

　　结果，凌康反而对秋娥道歉。

"好了，秋娥！你又不是不知道，巧眉看不见吗！好了，好了，不怪你，我来想办法。"

办法是无法可想的，人类几十年的生活习惯也不会因为巧眉的加入而改变。巧眉呢，怕透了凌康为这个发脾气，弄得家里大小不和。她学会了掩饰，学会了撒谎。凌康不在家时，她从不承认自己摔了，凌康看到了，她也急急忙忙地说："是我错！我走得太快了！"

夜里，凌康常被她身上的伤痕所震惊，他心痛地搂紧她，在她耳畔辗转轻呼："巧眉，巧眉，我一心想给你一个温暖而安全的窝。可是，我真怕适得其反，让你受苦了。"

"哦，没有，没有。"她急切地说，勉强挤出笑容，悄悄挥掉泪珠，她把脸孔紧偎在他怀里，"凌康，我觉得很幸福，真的。能够嫁给你，我很幸福。至于摔一两跤，那真不算什么，这是适应问题，突然改换生活环境，总会有些不习惯，我保证，再过几天，等我把什么都摸熟了，我就不会再摔跤了。"

真的，日子继续过下去，巧眉确实很少摔跤了。凌康要上班，每天早出晚归，他看不到巧眉整日的生活，发现她身上的瘀伤减少，不再听到母亲呼叫……他就放心了，巧眉说得对，这只是适应问题。事实上，巧眉学乖了，她紧缩了自己的活动范围，几乎从早到晚，就待在自己的卧室里，反正卧室是自己整理，她可以固定每样东西的位置。除了每日三餐，晨昏定省，她成了一间卧室的囚犯。

凌康的父亲学的是文学，却学非所用，干了房地产的生意。台北的房地产一直是最好的投资，人口膨胀，造成房地产的不够分配而急速上涨，因而，凌家生意做得很大。虽然经商，凌老先生依旧保持着书卷味，偶尔也和儿子谈谈左拉，谈谈哈代，谈谈《凯旋门》和《黛丝姑娘》。父子间在一块儿的时间极少，却还颇有默契。对巧眉，他最初很反对这婚事，当凌康坚持时，他让了步。和巧眉几次接触后，他更让了步。

但，他对凌康说过一句话："巧眉像个玉娃娃，精工细琢而成，不是凡品，而是艺术品。只怕太精致了，只能供人欣赏，而不能真正做个妻子和母亲。凌康，你的婚姻，是个冒险！"

"爸爸，"凌康答复，"婚姻本身就是冒险，任何人的婚姻都一样。"

巧眉娶进门了。凌康的父亲太忙了，他根本没时间，也不太去注意巧眉。但，妻子耳边唠叨，秋娥背后埋怨……他感受到了压力的存在，叹口气，他说："只要凌康快乐就成了！"

凌康快乐吗？是的，有一阵，他真的又快乐又幸福又满足，他已拥有他最想要的东西，他还有什么不满足呢？可是，随着时间的过去，他开始体会到父亲那句话了。巧眉，是个精工细琢的艺术品，欣赏起来美透美透，生活起来总缺乏了一些什么。她很少说话，几乎不出门，要出门，最有兴趣的是"回娘家"。她不下厨房，完全不会做家务，缝纫烹调，一概免谈。她经常坐在钢琴前面，一弹七八个小时而不厌倦。大厦隔音设备并不完善，她弹起琴来在楼梯口就可以听到。

是的，她的琴音美极了，但是，现在这个社会，能欣赏的人却太少了。凌康和巧眉婚后的第一次吵架，就为了这架钢琴。

那天，他下班回家，照例听到琴声，走出电梯，隔壁的赵老太太正好要进电梯，见到他就把他在电梯口拦住了，很直率地说："拜托你一件事，告诉尊夫人，下午不要弹琴好吗？自从你夫人来了以后，我们左右邻居都不能睡午觉了！"

该死的公寓房子，该死的大厦！不懂欣赏的邻居！他当时心里就诅咒着。并不想把这话真说给巧眉听，巧眉已经够寂寞了，如果不让她弹琴，漫长的下午，让她做什么？他走进家门，琴声叮叮咚咚地响着。母亲来了朋友，是孙伯母，和母亲是二十几年的朋友了。孙伯母坐在客厅里聊天，琴声叮叮咚咚地响着……孙伯母看到凌康，劈头就是一句："好福气呀！娶了个钢琴家呢！她这样练琴，是不是准备要去演奏呀？"她问得很认真。

"她只是弹着玩，"凌康据实回答，"打发时间而已。"

"哦，"孙伯母愣了愣，"她可真空闲啊，弹了一个下午呢！"

"凌康，"母亲忍不住说了，"叫巧眉别弹了，吵得我们说话都听不见。如果真喜欢玩乐器，有没有声音小一点的？昨天楼下的罗家，也打电话上来抗议了！大家都说，巧眉有表演欲呢！"

他有些气愤，对邻居气愤，对母亲气愤，对孙伯母气愤。

走进卧室，他关上房门。巧眉的琴声停止了，回头对他微笑。

"下班啦，凌康？"

说完，她又回到钢琴上去了。不知道是肖邦还是莫扎特的作品，协奏曲听多了，你会把它们弄混。

他走过去，站在巧眉身后，把双手放在她肩上。

"巧眉，别弹了。"他说，"我有话跟你谈。"

"哦！"她顺从地停下来，等待着，"谈什么？"

"你……"他看着她，"这样天天弹琴，不累吗？"

"习惯了。"

"能不能——"他考虑着措辞，"另外找一些娱乐呢？你觉不觉得，我们生活有些单调？我们也该出去走走，交交朋友，打打桥牌，看场电影……"他顿住，惊觉到自己说错了话。

巧眉转向了他，脸色立刻暗淡下去，笑容从唇边消失，她低声地、敏锐地问："有谁不满意我弹琴吗？我妨碍了谁吗？"

"嗯，唔，没，没有。"他口是心非，"我只是怕你太累了。"

她沉默了，低下头去，好久没说话。然后，她转过身子，用力把琴盖合上，回头说："好，今晚我们去'看电影'！"

他一震，抓住了她的手。

"我说溜了嘴，你不必抓我的漏洞！"他凝视她，有些心痛，有更多的隐忧。忽然体会到，生活就是生活，生活很现实，两个共同生活的人，不是整天互相说"我爱你"就够了，还要有共同的兴趣，共同的目的，共同的享受，甚至共同的"患难"！而他和她之间，"共同"的东西实在太少，现在刚结婚不久，还可以在彼此的爱和新奇中去寻求满足。以后，还有那么长远的岁月，仅仅靠爱和新奇，还能维持多久？想到这儿，他觉得真的该和巧眉好好谈一谈，开诚布公地谈一谈，深入地谈一谈，为他们的未来谈一谈。他拉住她，把她从琴凳上拉起来，一直拉到床边，他让她坐在床上，他拉了张凳子坐在对面，用双手合住她的手，诚恳地望着她，诚恳地说："巧眉，我们要共同生活一辈子，是不是？"

她惊愕地仰着头，脸上有股惊怯得近乎痛苦的表情。他吓住了她，这样严重的"起头"真的吓住了她。她一句话也不说，只是被动地坐着，等待着。

"你瞧，"他不知道该如何"说下去"，"你不能永远坐在钢琴前面，弹一辈子的琴。"

"或者，我——可以。"她轻声说，"我不会厌倦！我——可以弹！"

"但是，"他冲口而出，"别人不见得愿意听！楼上楼下，左右邻居……都不是音乐家！"

她的脸蓦然转白。

"我懂了。"她慢吞吞地说，极端痛苦地，"你也不是音乐家，你父母也不是，你的亲戚朋友也不是！我——"她重重地吸了口气，"该知道这一点，该体会这一点！但是，你以前曾经整晚整晚听我弹琴，赞美我的琴美妙得像诗像文学像生命……哦，"她点头，"那是婚前！我早就不信任婚姻，我知道婚姻是最残忍的东西。诗也好，文学也好，画也好，音乐也好……婚姻会谋杀它们！最后，你会发现，你要求的妻子，不是诗，不是画，不是音乐，只是柴米油盐酱醋茶！"

他瞪着她，被她那敏锐的体会能力震惊住，也被她那很"残忍"却不无道理的分析"触怒"了。她等于在说：你只是个庸俗的人，你要求的也只是个庸俗的妻子！他并不承认这个，这对他是"侮辱"，如果他要个平凡的妻子，他不会追求她达六年之久。可是，一时之间，他竟找不出话来驳她，甚至，找不出话来解释自己，这使他有些恼羞成怒了。

"不要怪罪婚姻！"他大声说，"你应该了解，人是群居动物，不是只有你一个人，也不是只有你和我！我欣赏你的琴，欣赏你的人，欣赏你所有的一切！所以我娶了你……但是……"

"但是，"她接口，"你已经不再欣赏我的琴，我的人，我所有的一切了！""胡扯！"他喊，"你故意歪曲事实，你故意歪曲我！我和你谈话的目的是想增加彼此的了解，而你却任性地否决一切！想想看，巧眉，"他摇撼她，"我只是希望你除了钢琴以外，再学一些东西，最起码，去喜欢一些东西，让我们有一些共同的兴趣，甚至，你可以试着了解我的工作，真正走进我的生活……"

"我知道你的工作，"她悲哀地说，"我可以走进你的生活，你要我帮你核稿呢？还是编辑呢？是画版面呢？还是挑选彩色页？"她摇头，低呼："凌康，凌康，既有今日，何必当初！"

"什么意思？"他又急又怒又心痛。

"你不该娶一个瞎子当太太！我早就说过，你的世界我走不进去，我的世界你也走不进来！你不相信！现在，你要求我走进你的生活，我怎么走进去？"她的声音提高了，眼泪终于夺眶而出，"难道你不明白，我非但走不进你的生活，我连这房门都不敢走出去吗？因为我一出去就会摔跤，我已经摔怕了！怕你母亲惊叫，怕你父亲叹气，怕你高声骂秋娥，怕秋娥为我受委屈……我连卧房都不敢出，除了弹琴，你要我干什么？"她低下头去，用双手蒙住了脸，苦恼地、辗转地摇着头，喃喃地说："错了！错了！错了！什么都错了，大错特错了！错了！错了！……"

他震动而慌乱了，她的眼泪使他心碎，她喃喃的自语使他恐惧而懊悔了。他不该说这些，不该对她再有要求，她就是她呀！那个晚上，他说过，要她的缺点，要她的优点，要她的自卑，要她的自怜，要她的虚荣，要她一切的一切！曾几何时，他竟要求她往他的模子里跳进去，去适应他的生活、他的家庭，甚至他的"左右邻居"，他的"亲戚朋友"……老天！人类是多么善变而自私呀！人性是多么可怕而冷酷呀！他扑过去，把她拥进了怀里，他抱紧她，摇撼她，抚摸她，像在安抚一个婴儿。他嘴里急促地、不停地说："你没错，你没错，你没错。是我不好，我太不体贴你，太不为你着想，太苛求又太自私！我不好，我不好，巧眉，别哭了！再哭，我的心都碎了。"

巧眉紧偎着他，抽噎着擦干眼泪。

然后，她不再说什么，一场小小的争吵就此结束。生活仍然继续过下去。可是，巧眉不再弹琴了。那架钢琴放在那儿，从那天晚上起，琴盖就没再打开过。她不碰琴，也不出房门，每天呆呆地坐在卧房里，一坐好几个小时。然后，凌康惊觉地发现，她以惊人的速度，在憔悴下去，消瘦下去。结婚时她就很瘦弱，现在，她是更瘦了，更苍白了。她在枯萎，在很可怕地枯萎下去。他震惊得全身心都为之痛楚了。他打开琴盖，把她勉强地拉到钢琴前面去。

"弹点什么！"他哀求地对她说，"弹点什么！弹你喜欢的《火鸟》，弹《悲怆》，弹《命运》，弹点什么！求求你！"

她摇着头，一语不发地合上琴盖。

"巧眉！巧眉！"他每晚搂着她瘦峋的身子低叫，"我该怎么办？我要怎么办？做什么可以让你快乐起来？做什么可以让你恢复生命力？巧眉！告诉我！"

巧眉依偎着他，很柔顺地依偎着他，低语着说："我很好，我真的很好，你不要心理作用，我从小就瘦。没有关系，真的没有关系。"

"但是你不快乐，是吗？我不能让你快乐，是吗？"

"哦，我快乐的。"她低叫，把头埋在他胸前，"我很快乐，能跟你在一起，我就很快乐！我只是……"她欲言又止。

"只是——什么呢？"他追问。

"只是怕你不满意我，"她轻哼着，"我很无能，很无用，又——走不进你的生活，我很怕，怕你不满意我，怕以往的山盟海誓，都成虚话！"

"噢！巧眉。"他沉痛地叫，"我满意你，我爱你，我要你快乐！不要怕，永远不要怕！忘掉我那天说的那些鬼话，好不好？人，有时会受环境和情绪的影响，说些不该说的，做些不该做的！你忘掉它！好不好？"

"好。"她顺从地。

"快乐起来？"他再问。

"好。"她更顺从地。

"恢复弹琴？"

"不。"她坚决地。

"为什么？跟我生气吗？"

她摇头。一直摇头。

"那么，为什么不弹琴了？"

"不想弹了。"她勉强地说。

"为什么？为什么？你还是在跟我怄气！"

"不是怄气。"她无力地说，声音轻得像耳语，"琴，是弹给知音听的，如果大家都认为那是噪音，不弹也罢。而且……我最近很累，累得不想弹琴。"

就这样，随凌康怎么说，她都不再碰琴了。她确实想"快乐起来"，一听到凌康回家，她就会提起精神来笑着。但，她并不快乐，不真正地快乐。她更憔悴了，更消瘦了。这样，有一天，凌康正在杂志社里上班，嫣然忽然一阵风似的卷了进来，把他拉到办公厅外，嫣然含着满眼眶泪水，怒气冲冲地嚷："凌康！你这个混蛋！你看不出来，巧眉已经快要被你们全家闷死了吗？"

"嫣然！"他苦恼地喊着，"我知道她不快乐，知道她无法适应我的家庭和生活，我每天都在想，我该怎么办？"

"我不管你怎么办，我告诉你我要怎么办！"嫣然气极地喊，"我刚刚去看了她，她那么瘦，那么可怜……凌康！你混蛋！你真混蛋！你在做什么？你在谋杀她吗？我告诉你，我要接她回家，妈妈也这样决定了，我们接她回家，等她身体壮一些了，再把她送还给你！"

凌康正色看她。

"不行，"凌康严肃地说，"你们不能接她回家！"

"为什么？"嫣然愤然问。

"因为我是她的丈夫，因为我爱她，因为她要跟我生活一辈子……我可以把她送回去一天两天，总不能永远把她送回去……她最终还是要跟我生活在一起。不行，嫣然，你们不能接她回家。她不快乐，是我的失败，她的憔悴，是我的责任，我会——"他咬牙沉思，"想办法让她快活起来，她必须快乐起来！否则，我跟她之间，就没有前途了。如果我今天让你们带她回家，那等于……是我放弃了她！你懂了吗，嫣然？"

嫣然瞪着他，有些迷糊，有些明白，凌康那一脸的庄重和严肃，不知怎的，竟令她满怀感动，感动得想掉泪。

"如果你还不懂，我再说明白一点，"凌康更严肃了，眼睛深沉恳切，"她现在是我的妻子，不再是卫家的小姐了，我和她休戚相关，荣辱与共，欢乐和愁苦都糅合在一起，我不能把她交给你们——这是我和她之间的一大关键，我预料，如果我放她回去，我就——真正失去她了。所以，不行！嫣然，不行！"

嫣然眼中弥漫着泪水，她一向知道凌康对巧眉用情之深，直到此刻，她才衡量出那深度——简直是深不可测的！

五月二十日，不是什么特殊的日子，天气已经很热，台湾的夏天比什么地方都来得早，嫣然早上上班的时候，注意到花园里的一棵石榴花，已经灿然怒放了。阳光很好，把石榴花照成了一树火般的红。

照例到办公室上班，嫣然今天有些心神恍惚。昨晚母亲又去看过巧眉，回来之后只是摇头叹气，不用追问，嫣然也知道巧眉不好，凌康也不好。因为凌康的好与不好，都牵系在巧眉的好与不好上。怎么办呢？人生就有许多打不开的结，就有许多无可奈何，两个相爱的人结为夫妇，该是欢乐的开始，怎会变成欢乐的结束？难道婚姻真是爱情的坟墓？所以，嫣然不敢结婚，虽然安骋远旁敲侧击到正式提出，嫣然只是逃避，巧眉的例子使她触目惊心，使她烦恼、牵挂、担忧，而无法帮忙。到了办公厅，方洁心只是冲着她笑，笑得又神秘又暧昧，有什么好笑？方洁心倒是个乐观的女孩，成天爱笑，心无城府，这样的女孩有福了。嫣然往柜台里一坐，才发现桌上有一瓶翁百合，插得好好的一瓶翁百合，而且是极稀有的橙色的！她心中一跳，拂开百合，果然，有张卡片落下来，她拿起卡片，是张有银边和银色暗纹花的纸，雅致无比，上面写着："别忘记这个日子，五月二十日！三百六十五个欢乐，三百六十五个爱，一年里有多少故事，多少悲欢，加起来仍然等于一句：我爱你！这个日子当然值得纪念，是吗？这个日子可否得到答案？是的！我听到你说是的是的是的是的，让我们把过去三百六十五个日子，变成未来百年相聚的基石！"

嫣然抬起头来，发现方洁心在笑，罩得住在笑，新来的李小姐在笑，管理处的张处长在笑……老天，她猜，全办公厅，全图书馆都看过这张卡片了。安公子啊安公子，你永远不管别人会不会尴尬吗？她想着，脸涨得红红的，假装若无其事，她整理着借书卡，整理着图书目录，整理着书籍损耗单，整理着会员资料卡……整理许多她不需要整理的东西，以掩饰她的羞涩。但是，在这羞涩的底层，她心头却酝酿着某种甜蜜、某种满足、某种喜悦、某种酸楚的温柔——加起来仍然等于一句，她爱他！那个安公子，那曾让她笑、曾让她哭、曾引起姐妹间的轩然大波……她的手指停止翻弄借书卡，她又想起巧眉。想起琴房里的一幕，巧眉紧偎在安公子怀中，她闭着双目而泪流满面。嫣然心脏一紧，本能地甩甩头，不，今天不能想到这个，过去的事早已过去！今天绝对不想这个！

今天，五月二十日，相识一周年，今天，生活里不能有巧眉。

快下班了，她低着头在填一张借书卡。

"喂喂！小姐，小姐！"有人在柜台前呼叫着，"借书出去可以吗？我可受不了在图书馆里看书！"

她抬起头来，安骋远咧着嘴在对她笑。她心里暖烘烘的，眼里湿漉漉的。这就是他第一次来时说的话！她故意板着脸，故意装着不认识他，故意问："你要借什么书？"

"借一本很复杂很难读的书——书名叫卫嫣然。我等不及要看，能马上借出去吗？"

"恐怕不行，"她一本正经，"我记得，这本书你常常借，怎么还没看够？""永远看不够。偏偏这本书只有贵图书馆有，唯一的珍本，害我整天跑图书馆，我正预备，不管三七二十一，把这本书偷回家去藏起来……"

"哼，咳！咳！"嫣然慌忙咳嗽起来，注意到方洁心、李小姐等都竖着耳朵在听，而且个个在笑。不能和安公子乱盖了，这家伙口没遮拦，想什么说什么，再说下去，不知道会说出什么话来。抓起桌上的皮包，她急促地说："好了，好了，走吧！"

走出图书馆，坐上安公子的小坦克，嫣然说："我对你这辆车子很好奇，最初看到它的时候，我认为它顶多三个月就会报销，没想到它咳呀咳的，居然也不出大毛病，用了这么久！"

安公子不说话，还没发动车子，就把她拥在怀中，给了她一个热烈的吻。她推开他，面红耳赤地说："你怎么搞的嘛！大街上也不安分！那么多人看！"

安公子发动了车子，一面开车，一面说："嫣然，你知道你的毛病在什么地方？你太介意别人对你的看法！你们姐妹都一样，好像活着不是为自己，而是为别人！一言一语，一举一动，都要求合乎礼节，合乎教养，合乎别人的要求。于是，你们活得很累，活得很辛苦！何必呢？……"

嫣然瞪着街道出神。是的，这就是巧眉不快乐的原因，做一个好媳妇，做一个好妻子……她说她有两个自我，一个好的自我，一个坏的自我。而今……她一个自我都没有了，迁就别人，符合别人的要求。她成了一个空壳，比空壳还糟糕，空壳可以没思想没感情，她却不能没思想没感情。她咬着嘴唇，沉思不语。

"怎么了？"安公子看她，"想什么？生气了？今天不许生气！今天是纪念日！"

唉！每天都是纪念日！她笑了，回过神来，看着安公子，他对着她笑，眼睛里柔情万缕。

"我们去哪儿？"她问。

"我正要问你！"他回答，"每次都是我决定去哪里，今天由你决定！要怎么庆祝，到什么地方去吃饭，或者去跳舞，或者去海边赏月，或者到深山里去，或者去你家坐一个晚上……什么都由你，你说怎么过，就怎么过！"

她挑起眉毛，深思着。

"全由我决定吗？"她问，"我怎么说就怎么样吗？你完全没有异议吗？"

"是的。"他爽朗地说，"今晚我是你的奴隶，女王怎么吩咐，小奴隶就怎么做！"

"那么，我说——"她想也没想，冲口而出，"我们去接巧眉和凌康出来，四个人去吃一顿，聚一聚！"

"吱"的一声，小坦克在街边急刹车。

安公子回头瞪着嫣然。

"你真想这样做？"他问，眼神里面写着困惑，"我以为……今晚是属于我们两个人的。"

"我真想这样做。"嫣然回答，自己也不知道是怎么回事。

事实上，在图书馆里的时候，她曾经连想都不愿去想巧眉，现在，却觉得迫不及待地要见她！她忽然强烈地怀念起过去，怀念起四个人在一起唱"咳咳咔咔"和大谈"大珠小珠落玉盘"的日子。"骋远，"她凝眸问，"你有多久没见到巧眉和凌康了？"

"很久了。"安骋远低声答，巧眉的名字仍然勾起他心底的创痛。"我想……"他哼着，"我们还是两个人单独过比较好……"

"怎么？"嫣然尖锐起来，"你还是怕见巧眉吗？"

"嫣然！"安骋远低呼了一声，点头说，"好，我们去接他们！不过，总不能这样闯了去吧！或者他们有事呢，总该先打个电话问一问。"

"你开到路边电话亭停一下，"嫣然说，"我打电话去问！"

安骋远不再提任何意见，车子往前开去。在路边的第一个电话亭停了下来，嫣然下车去打电话，安骋远有些心神不定地坐在车内，心想，今晚是完蛋了！他本想在今天晚上，逼嫣然答应婚期。而现在，加入了凌康和巧眉，还能谈什么？他不懂嫣然为什么要约巧眉和凌康，难道，事到如今，她还要证实一些什么？他不安地蹙眉，不安地用手摸着方向盘，不安地等待……嫣然说了很久的电话，可能凌康夫妇也不想出来，本来嘛，人家还在新婚燕尔的阶段，谁要和你们共度良宵！

嫣然打完电话回来了，坐进车子，她简单地说："好，他们在大厦门口等我们，去吧！"

怎么？他们竟没有拒绝？安骋远无可奈何地往仁爱路开去，一面问："你的计划是怎样呢？"

"去法国餐厅吃牛排，然后去海边赏月！"

"嫣然，"他小心翼翼地问，"巧眉能去法国餐厅吗？能用刀叉吗？能去海边吗？能赏月吗？"

"哦，她能！"嫣然肯定地点头，"她必须能够！否则，她就成了凌家那栋大厦公寓的囚犯！走出那监牢的第一步，是适应正常人的生活！"

骋远深深地看了嫣然一眼。她用了两个很刺心的名词："囚犯"和"监牢"。他不知道这两个名词的意义，直觉地感到，巧眉和凌康可能不大对劲。这里面有问题，他不敢问，自从发生巧眉的事件后，他就再也不敢问有关巧眉的任何问题了。当他们接了凌康和巧眉，当他们终于坐在法国餐厅里的烛光下，当骋远不可避免地再见到巧眉，他终于明白嫣然的意思了。巧眉坐在那儿，烛光映在她的脸上，她苍白得像半透明的，瘦削的下巴，空洞的眼神，勉强的微笑，惊怯的表情……她本来就有些虚飘飘的，现在看来更不实在了，她憔悴得像个幽灵。他心悸得不敢去看她，转眼看凌康，凌康也不见得好到哪儿去，瘦了，深沉了，会抽烟了，他总是一支接一支地抽着烟。

牛排送来了，四个人之间仍旧很沉默，谈的都是些无关痛痒的话题，天气、工作、物价、时局。牛排来了，在每人面前冒着烟。嫣然看着凌康，稳定地说："凌康，你帮巧眉把牛排切成一小块一小块！巧眉，你右手是叉子，左手是刀子，你不必用刀子，因为凌康已经帮你切好了。你可以用左手扶着盘子，当心，盘子很烫。好了，拿起叉子，你可以吃了。多吃一点，在台湾，没有人死于营养不良症！"

巧眉吃了起来，骋远惊奇地看嫣然。在这一瞬间，他觉得爱透了嫣然，恨不得再当众吻她一次。也在这一瞬间，他知道嫣然为什么要把巧眉约出来了。她在想办法救她，救这个已站在死亡边缘的女孩。

凌康的精神来了，神情迅速地变得充满生气与活力。他和嫣然交换了一个视线，完全领悟了嫣然的用心。他熄灭了烟蒂，帮巧眉切肉，拌生菜沙拉，递叉子，铺餐巾，送餐巾纸，一面做，他一面轻快地说："巧眉，这家餐厅气氛很好，很欧洲味。你一定不懂什么叫欧洲味，欧洲是古典的、艺术味很浓的。这家餐厅也是，我们顶上有一盏花玻璃的吊灯，光线很弱。窗子上也是花玻璃，所谓花玻璃，就是彩色玻璃拼起来的，你可以想象那样子，是吗？我知道你还有颜色的记忆。我们桌子上，铺着红白格子的桌布，你摸摸看……"他握住她的手，去抚摸桌布。

"是麻布的。"巧眉低语，脸上已漾起一丝红晕来了。声音里微微带着颤音，兴奋而好奇的颤音。

"对，是麻布的！"凌康说，"我们桌上还有个杯子，里面点着一支蜡烛。还有个小小的银花瓶，里面插着一朵红玫瑰。"

他把玫瑰递到她面前去，让她用手摸那瓶子。"这瓶子有长长的颈项，有一个弧度很好的柄，像一个茶壶一样，是不是？"

"是。"巧眉说，嗅着那玫瑰，"我闻到玫瑰的香味了。"她轻触那花瓣，"好嫩好娇的花瓣啊！"放下花瓶，凌康把叉子塞进她手中，她又开始吃起来，一面吃，一面问："这是很高级的餐厅吗？"

"是的。"嫣然抢着回答，"是第一流的！它们的大蒜面包很有名，你非吃一点不可，凌康，你帮她涂奶油。巧眉，你不必担心有人注意你，这家餐厅讲究气氛，光线很暗，我们坐在一个角落，谁也看不到你。也没有人来看你。这儿有几样名菜，今天我们吃牛排，下次，可以让凌康带你来吃法国田螺。那是一种有壳的、像贝壳一样的食物，非常好吃！"

巧眉吃着脆脆的烤面包，吃着香香的牛排，吃着新鲜的生菜沙拉……她眉端的轻愁渐渐隐去，脸上的落寞跟着变淡，面颊上居然也浮上了红晕……安骁远惊奇地看着，内心深处，涨满了一种崭新的感动。不甘寂寞地，他对侍者低语，于是，侍者拿来了一瓶法国红酒，注满了每个人面前的酒杯，安骁远举着杯子，正色说："凌康，巧眉，你们知道今天是什么日子？"

"什么日子？"凌康不解地问，"你的生日？"

"今天是我和嫣然认识一周年纪念日。"安骁远说，"记得我们四个人第一次见面，曾经喝掉整瓶红酒吗？那天——"他回忆，"也是纪念日，第五十四个纪念日！今天已经是第三百六十五个纪念日了！来，让我们为这个纪念日干一杯吧！"大家都举杯，巧眉也举杯，大家都喝了酒。酒一下肚，安公子的本性就全回来了，他握着杯子，兴致越来越高亢，心情越来越激动。

"凌康，巧眉！"他热烈地说，"今晚，你们根本不在我的计划之内，是嫣然坚持要请你们出来的！我本来很懊恼，我希望和嫣然过一个安静的晚上！可是，现在，我觉得，再也没有比我们四个人重聚更开心的事了！凌康，我知道，我们都有心病，自从去年冬天那个下雨的晚上开始……"

"咳！"嫣然咳嗽了，阻止地喊，"骋远！"

"别阻止我！让我说出来。"安骋远喝了一大口酒，激动地说，"这件事憋在我们四个人心里，使我们大家都尴尬，大家都忌讳，大家都别扭。现在，时过境迁，本来不该提了，但是，不说穿了，我们四个还是要继续别扭下去。所以，我说了，那晚的事情，只证明了一件事：证明人性很贪婪很脆弱，证明我们都是些平凡的人，会发生一些平凡的事……唔，"他再喝口酒，"糟糕！"他说，"嫣然，我怎么有些词不达意，你帮我说下去，好吗？"

混蛋！嫣然心里在暗骂。谁要你发表演说？她有些气，有些懊恼，但是，她呷了口酒，涨红了脸，却很坦然地说了出来："证明我有个人见人爱的妹妹。凌康，证明你有个人见人爱的太太！这对你是种恭维，对不对？再有吗……"她沉吟片刻，"证明我有个很糟糕的男朋友……"

她的话没说完，因为安公子拿了一块面包，及时喂进了她嘴里，硬塞住了那句话。凌康再也熬不住，他笑了起来，对安骋远举起了杯子："安公子！"他诚挚地说，"我真的没有办法跟你生气！我一直想揍你，可是又一直有一百个理由原谅你！好了！什么都别说了，今晚，我们把以前的老账一笔勾销，大家都不许再有心病了！我提议，从今天开始，我们四个每星期一定要有一晚聚在一起！像那一阵，又弹又唱又乐的！安骋远，你还记得你的和尚脸盆吗？"

"不许说！"安骋远叫着。给凌康杯里倒满了酒，挥手让侍者走开，他们不需要侍者。

"喝酒吧！"安骋远注视巧眉，"巧眉，你别呆坐着，如果你不干杯，我不会饶你！我们每个人的生命里，或多或少都有些无可奈何，你如果不振作起来，你如果继续糟蹋生命，你对不起凌康，对不起嫣然，对不起你的父母！说真话，任何人都没有资格糟蹋自己，因为他要为爱他的人活着，这是义务，不是权利！人可以放弃权利，不能不尽义务……糟糕，"他又回头看嫣然，"嫣然，我是不是话太多了？"他呻吟起来，"上次，就是这句话闯的祸！"

"安公子！你多喝酒，少说话！"嫣然说，注视巧眉，在巧眉脸上看到了感激、感动、感情，和那久已消失的生命力。在这一瞬间，她对那天晚上的事，才能更深地体会出来，体会出骋远当时的感觉，体会出巧眉当时的心情。那一个"拥抱"是人与人间至情至性的表现啊！她觉得自己的眼眶不争气地在发热，她暗中握紧了安骋远的手，心内有几百种柔情，像蚕丝一般，全绕在安骋远身上。凌康干了杯子，盯着安骋远，惊奇地说："你这家伙很怪异！""怎么？""你把我要说的话抢先说了！真气人！嫣然，你想办法堵住他的嘴，我怕他接下来会对巧眉说他有多爱她了……"

"我本来就很……"安骋远接口。

这次，是嫣然把面包塞进他嘴里，去堵住他了。

凌康转向了巧眉，他的手紧握着她的。

"巧眉，你听到安公子的话了？这话也一直是我想对你说的！你知道你又瘦又弱又苍白吗？你知道你使每个爱你的人都很痛苦吗？你知道你根本没有权利让我们大家痛苦吗？你知道你必须从内心振作起来，你才会有救吗？"他越说越激动了，越说越有力了，越说越强烈了，"你知道，你再这样消沉下去，你会失去我们每一个人吗？你知道要爱一个像你这样的人是件多痛苦的事吗？你知道我们在你身上，都已经尽了全力了吗？你知道——"他深深吸气，终于强而有力地说了出来，"我对你的爱——已经快要让我死掉了吗？你知道，你在自杀，而我在陪葬吗？"

巧眉紧闭上眼睛，强忍着泪水，然后，她毅然地一甩头，把手中的一杯红酒，一饮而尽。她另一只手，被凌康紧握着，放下了酒杯，她把这只手去盖在凌康握她的手上，她就用双手合着凌康的手。仰着头，她坚决地对桌上所有的人，铿然有力地说："今天是纪念日！以前的巧眉死了！多愁善感的巧眉死了！我答应你们每一个人，新的巧眉从今日起重生！姐姐、凌康、安骋远，你们每一个都是我的见证！但是，重生需要的不只是勇气毅力决心，还有技术问题！你们要帮助我，做我的眼睛，做我的手！让我能看能走能独立！明天，我去报名，我要重回盲哑学校，去念书，去学习生活的能力！姐姐，你会帮我找到点字的文学著作，是吗？第一件事，帮我找一本《唐诗三百首》！那么，当凌康再念'我本楚狂人，狂歌笑孔丘'的时候，我最起码该知道这个'楚狂人'是姓楚还是姓李。我要走进他的生活，走进他的兴趣，走进他的世界……"她提高了声音，更有力地说，"我们以一年为期！今天是五月二十日，明年此日，我给你们一个全新的巧眉！"

"哇！"安骋远眼眶红了，又举起杯子来，"为火鸟干一杯！"他自顾自地干了杯子。

"火鸟？"凌康喃喃地问。激动无比地握着巧眉，他满脸都被兴奋烧红了，他的眼睛明亮闪烁如星辰。他的眼光盯着巧眉，眼里心里，都被巧眉占满了。火鸟，他不知道什么是火鸟。但他看到，巧眉的脸孔那样光彩地红着，像朝霞，像"火鸟"。

"火鸟，"嫣然清楚地说，满眼眶都是泪，满胸怀都是激情，她不由自主地述说"火鸟"的故事，从安骋远那儿听来的故事，"相传有一种鸟叫火鸟，它是永生不死的。但，它的生命只能维持五百年，到五百年的时候，它就把自己投身到烈火里烧成灰烬，这灰烬就变成一只重生的火鸟。"她啜了口酒，脸也红了，红得像酒。"火鸟，"她重复着，"不经过烈火燃烧，不经过烧成灰烬的苦楚，怎么能得到重生？"她举杯："为火鸟干一杯！"她也自顾自地干了杯子。

"哦！火鸟！"巧眉听懂了，她被那崭新的、醒觉的自我

"燃烧"着，被凌康那火般的热情"燃烧"着，被姐姐和安骋远那强烈的鼓励与爱"燃烧"着……她知道，她一定要经过这一关，投身到烈火中，烧成灰烬，再"死而复生"！她点头，重重地点头。从凌康那儿抽出手来，她找寻自己的酒杯，凌康把杯子递到她手中，为她注满，也为自己的杯子注满，他和她碰杯，杯子的声音"铿"然而鸣，她说："是的！为火鸟干一杯！"凌康凝视着她。

"燃烧吧！火鸟！"他说，"燃烧吧！我愿意陪你，一起投入烈火，一起重生，再一起飞向永恒！"

他们都干了杯子。"好一句'一起飞向永恒'！"安骋远说，热烈地握住嫣然的手，"我们也一起飞向永恒吧！"

这一刻，天醉了，地醉了，夜醉了，人，当然醉了。

尾声

一年后，五月二十日。这晚，卫家在大宴宾客。

大概，二十几年来，卫家都没有这种盛况，偌大一个客厅，挤满了人，衣香鬓影，觥筹交错。人太多，只得把客厅通花园和阳台的门通通打开，让部分宾客疏散在花园和阳台上。尽管如此，客人们仍然多得挤来挤去，笑语和喧哗声填满了整幢房子。

这个宴会，是嫣然和安骋远夫妇、巧眉和凌康夫妇所发起的。两对小夫妻坚持不能在五月十九日，也不能在五月二十一日，一定要在五月二十日举行。嫣然是在年前和安骋远结婚的，婚后没有和父母同住，效法骋远的哥哥姐姐们，组了个小家庭，小两口过得十分愉快。两对夫妻都坚持，五月二十日是个纪念日，兰婷不知道孩子们间有些什么账，但她倒非常热心而喜悦地举行了这个宴会。

宴会地点没有选在凌家，也没有选在安家，却选在卫家。

兰婷和仰贤都感光荣，也体会出，这是两对小夫妇刻意安排的。他们四个头一天就来布置了一个晚上，把客厅里到处挂上彩带彩球，到处插满鲜花，甚至，连壁炉的炉台上，都插了好大一盆"翁百合"。老实说，这花名还是嫣然告诉兰婷的，因为兰婷一直叫它"红喇叭花"。嫣然忍不住了，才说："妈，这花的学名叫翁百合，为什么要加个翁字我也不懂，大概要大家百年好合，直到成老公公老婆婆的时候还要'百合'吧！反正，它是翁百合。翁百合有它的意义，事实上，每种花都有它代表的语言，翁百合的意思是'爱你入骨'。"

"哦，"兰婷怔着，"这翁百合说得可真不含蓄！那么，那盆紫色小菊花也有语言吗？"

"哦，妈，那不是紫色小菊花，那是紫菀。"

"哦，紫菀说什么？"

"紫菀说'相信我吧，我爱你永远不变'！"

"噢。"兰婷惊异万状，不知嫣然是在乱盖呢还是说真的，有个安公子那样的女婿，夫唱妇随，嫣然越来越被安公子同化了，"玫瑰呢？玫瑰说什么？"

"玫瑰说'我爱你'！"

"剑兰呢？"

"剑兰代表坚决，坚决的爱。"

"哦！"兰婷笑了，"反正每种花都代表爱就对了！不是爱你入骨就是爱你不变。"

"并不是每种花都代表爱，有些花是不能随便送人的，代表恨，代表绝交，代表嫉妒，代表报复……都有。不过，我们的纪念日里只有爱！妈妈呀！"嫣然热烈地拥抱兰婷，像多年前那个天真的小女孩，"我们的纪念日里只有爱！爱和胜利！"

"胜利？"

"是呀，妈妈，你没看到我把每个屋角都放了一盆棕榈树吗？棕榈代表的是胜利！"

"啊呀！你什么时候变成花树语言专家的？"兰婷惊问，实在不大相信她。

"她啊！"巧眉细声细气地接口了，笑得像一朵"翁百合"，"都是跟安公子学的！那安公子啊，是该懂的不见得懂，不该懂的都懂。"四个人哄然大笑。看他们四个再无芥蒂，如此恩爱，兰婷感动得眼眶发热。就这样，满屋子的花，满屋子的彩纸，满屋子的闪烁的小灯，满屋子的活力，满屋子的喜悦……迎接了满屋子的宾客。来宾分为好几种，有安家、凌家和卫家三家的亲友，两对小夫妻似乎要补足结婚时的不周到，几乎把三家亲眷全部请到。除了三家亲友，当然，凌康的父母、骋远的父母是必到的。还有凌康的年轻朋友们，整个杂志社的人大概全到了，还有安骋远的朋友们，还有嫣然在图书馆的朋友，快乐的方洁心、罩得住、李小姐、张处长……反正，图书馆的职员们也来齐了。这么多人，卫家的客厅怎能不挤？怎能不充满笑语，充满喧哗呢？安骋远和凌康热心地招待每一个人，客人太多，大家只能吃自助餐，自助餐以后，是鸡尾酒会。卫家姐妹也不管合不合礼节，也不管酒会和餐会能不能合一，她们准备了好几大缸的鸡尾酒，而且，是货真价实地掺了好几瓶真正的红葡萄酒，孩子们对红葡萄酒似乎有特殊的爱好。

大家吃着东西，喝着鸡尾酒，客人们的兴致居然高昂。大家热心地谈话，热心地相聚，到处有开怀的笑声。

人群中，最出色的就是卫家姐妹了。

兰婷几乎不太相信，这周旋在众宾客之中，不断送点心、斟酒、停下来谈话、笑得像两朵盛开的花朵的少女，是她那心爱的两个女儿！是那一度绝交到不讲话的女儿！而其中一个，甚至是瞎的！今晚，嫣然和巧眉的服装都非常出色，姐妹两个一定有过协议而定做的，她们居然都改掉了往日执着的颜色，巧眉没有穿深紫浅紫，嫣然没有穿纯黑纯白，她们两个都是火般的、鲜艳欲滴的红色。真丝的质料，大领口，小腰身，直垂到地。两人脖子上都挂着个很别致的项链，一只红宝石镶钻的小鸟，一只在飞翔的鸟。她们像两团火，在室内轻快地飞卷，两人之间准有默契，她们相隔不远。嫣然不时在提醒巧眉，或掩饰巧眉。"李伯伯，巧眉在跟你打招呼呢！"嫣然喊。

"巧眉，你没忘记张翔吧？"

"方洁心，瞧瞧，这是我妹妹巧眉。哦，不行不行，罩得住，你走远一点，我妹妹已经名花有主了！"

"什么？卢中凯！你一定要请我妹妹跳舞，好呀，等会儿我们放音乐！巧眉的舞跳得第一流，如果你没把握，最好别请！什么？你问巧眉最会跳什么舞啊？探戈！她会十几种花样。迪斯科？你一定不够瞧！她参加过五灯奖，连报名跟她竞赛的人都没了，全不敢来了……"

嫣然顺口胡诌，说得跟真的一样。巧眉只是笑，不停地笑，对每个人颔首为礼。她和嫣然总在一块儿，以惊人的领悟力，和嫣然握住她手给她的暗示来和每个客人谈话。她那么活泼，那么愉快，笑得那么甜，应酬得那么得体……你绝不会相信，她就是一年前，把自己关在卧室里，苍白、无助、憔悴着"等死"的巧眉！凌康今晚比谁都高兴，他和每个人打招呼，因为客人的来源不一，他有大部分都不认识。事实上，今晚的客人，彼此不认识的太多了。但，他们都很开心，在主人如此殷勤的招待下，怎能不开心？喝着那么名贵的"鸡尾酒"，怎能不带着醉意？凌康被人潮都挤得出汗了，他就舍不得走出客厅去透透气，就舍不得把眼光从巧眉身上移开。天哪！她笑得多美！她对答如流，她举动轻盈……怎能相信呢？这就是巧眉，真的是巧眉？在客厅一角，凌康亲耳听到两位中年贵妇在谈话：

"你信不信？这姐妹两个中有一个是瞎子！"

"别骗人了！"另一个接口，"绝不可能！"

"真的！我认识卫家十几二十年了，那个妹妹是个瞎子，不过她的眼睛也跟正常人一样好好的，你如果不知道，就看不出她是瞎子！"

"哪一个是妹妹？"那位太太踮着脚尖去打量姐妹两个，嫣然在和方洁心碰杯子喝酒，巧眉被卢中凯缠着在谈迪斯科的节奏。

"拿酒杯的那个吗？"

"不，那是姐姐，另外那个。"

"不可能！"那位太太惊愕地大叫，"我刚刚还和她说过话，她又笑又点头，还夸我的耳环好看，她如果是瞎子，怎么知道我戴着耳环？你弄错了，她绝对不瞎！"

凌康倾听着，忘形地握着酒杯，忘形地微笑起来。耳环，准是嫣然给她的暗示。

"或者，"另外一个太太也有些搞糊涂了，"瞎的是姐姐吧！拿酒杯的那个！"

"你别胡说八道了！我打赌两个孩子都是正常的！一个瞎子，不可能应付这么大的场面！不可能和每个人点头说话！不可能在客厅里穿来穿去不摔跤！反正，瞎子就是瞎子，瞎子不会像正常人一样生活！我打赌，她们两个一样正常，顶多，有点近视而已！"

凌康一个人站在那儿笑起来，举着酒杯，他看着杯里的酒。燃烧吧，火鸟！让我陪你一起投入烈火，一起挨过燃烧的痛苦，一起烧成灰烬，一起重生，再一起飞向永恒！燃烧吧！火鸟。他啜着酒，虚眯着眼睛，似乎看到这一年来的奋斗、挣扎，和烧灼成灰的苦楚。

一年，这一年，对凌康和巧眉实在是艰苦备至的一年，是充满奋斗与挣扎的一年。第一件必须面对的事，凌康决定带巧眉搬出去住。他很爱父母，也很愿意孝顺父母，但他深刻体会到，和父母住在一起，巧眉永远无法为所欲为。正像巧眉说的，连房门她都不敢出，家里的东西从无固定位置，母亲的尖叫，父亲的叹气，秋娥的埋怨……都造成她的压力。

搬出去可能有搬出去的不便，无论如何，会比住在这十一楼的大厦中，动辄得咎好。他的提议，预料中的，造成家中的轩然大波，母亲又哭又叫又骂："这就是养儿子的好处！这就是养儿子的好处！把他带大了，给他娶了媳妇……他要娶谁就娶谁，我们做父母的不敢吭气。巧眉进了门，我们欺侮过她吗？我们责备过她吗？我们骂过她吼过她吗？我们把她供得像个神似的，连杯茶都没叫她倒过。搬出去！还是闹着要搬出去！凭什么要搬出去？凌康，你眼里也太没有父母了！"

和母亲是讲不通道理的，她只是又哭又叫又大喊大闹。巧眉吓得不敢出声，甚至劝他算了。但，凌康没有屈服，他转向父亲求救，理智地分析给父亲听。孝顺，不一定要住在一起，帮助巧眉，唯有先独立！终于，父亲同意了，母亲也无可奈何了。他们搬到一幢很小的四楼公寓里，住在楼下，免得巧眉爬楼梯，有个小院子。巧眉又可以弹弹琴了，楼上的人家有四个孩子，整天又跳又叫，可比巧眉的琴声吵多了。刚搬去，巧眉不能烧饭烧菜，不能上街购物，面临的困难更多。兰婷助了一臂之力，把秀荷拨过来帮巧眉了。这一下，巧眉所有问题，都迎刃而解，秀荷看着巧眉长大，看着巧眉失明，爱巧眉就像爱自己女儿一样。她不嫌小屋简陋，先负起了清洁打扫烧饭洗衣等日常工作，然后，巧眉进了"盲人特殊训练班"。巧眉非常用功，她念点字，学习能力惊人地强。靠一支盲人杖，她逐渐走出了家庭，她自己挤公共汽车，上课下课，自己去菜市场买菜，去超级市场选购家用物品，甚至于，她陪他去"看电影"了。她看不见画面，但她能听，听对白，听音乐，听效果……她也能把故事完全听懂。他会再把一些画面解释给她听。他们开始谈论小说，谈论文学，谈论人生了。

她第一次为他烧了一桌菜，用电饭锅和微波烤箱做的。因此，都是蒸的、烤的东西，虽然如此，她仍然把手指烫起了泡，是开烤箱取盘子时烫的。他吃得津津有味，生平没吃过那么好吃的东西。抚摸巧眉烫伤的手指，他心痛得不停吻她，而她笑着说："这有什么关系？不是要投进烈火去燃烧吗？燃烧都不怕，还怕这点儿烫伤！"真的，她像只火鸟。燃烧吧！她忽然变得那样坚强，那样肯吃苦，那样坚毅地学习，那样固执地去独立，有时，简直让人心痛。他必须很残忍地克制自己，不因为同情和爱而让她松懈下来，这种"克制"，比跟她共同吃苦还痛苦，而她能了解。嫣然和安骋远也能了解。

嫣然和安公子成为他们夫妇精神上最大的鼓励，实质上最大的支持。他们四个人常一起出去，吃小馆子，逛街，看朋友。嫣然从各种日常生活中来教育巧眉，从餐桌的礼貌，刀叉的用法，到衣物的选择，甚至凭嗅觉来辨别植物。于是，巧眉也会插花了，也会使用洗衣机了，也会用吸尘器了，也会交朋友了……她和邻居都成了朋友，而且，她收了好几个学生，都是邻居的孩子们，她教他们弹琴，教得又好又有耐心，她常鼓励那些信心不够的孩子："我瞎了，都能弹，你们能看谱，能看到琴键的位置，你们一定能弹，能成为钢琴家！"

逐渐地，凌康发现，孩子们崇拜她，邻居们喜爱她，她建立起自己的王国来了，她有了信心，有了快乐了。她不再处处依赖凌康而生活了。她变得很忙碌，忙着学习，也忙着把自己的所长，去分散给周围的人。

就这样，一年下来，她活了。

她活了！以前的她，只有小半个是活着的，大半个是死的。现在的她，是活生生的，健康的，愉快的，充满了信心和生命力的！她已重生，从灰烬中重生！

火鸟。凌康听着那两位太太争执巧眉是否失明时，他就在自我举杯。哦！多感谢一年前那个晚上！多感谢那个纪念日！五月二十日！哦，为火鸟干杯！他自己举杯，自己干掉杯子。客厅里依旧人声喧哗，有些年纪大的客人已经散了。年轻的一伙不肯走，打开唱机，放着唱片，他们有的跳起舞来了。安公子拨开人群，找到了凌康，他一把抓住凌康，怪叫着说："不得了！不得了！"

"怎么了？"凌康笑着问，早已习惯安公子的"故作惊人"之举。

"那姐妹两个啊，"安公子瞪大眼睛说，"完全忘记她们是已婚妇人了，正在那儿大大诱惑年轻小伙子呢！而那些小伙子啊，也入了迷了！快快！我们不去保护我们的所有物的话，说不定会被别人抢走！"

"放心，"凌康一语双关，"女人偶尔会'虚荣'一下，男人偶尔会'忘形'一下，这只证明女人的可爱、男人的多情，并不会有什么大妨碍的。安公子，我是过来人，别紧张，让她们去'任性'一下吧!"

安公子满脸通红,又习惯性地对凌康一揖到地。

"你是不是预备记一辈子?"他问。

"哦,"凌康笑着,定睛看安骋远,"我们都会记一辈子,当我们老了,儿孙绕膝了,我们还会记住那件事。瓜棚架下,我们还会和儿孙谈那个故事。不过,我也要坦白告诉你一件事……"

"什么事?"

"我——也非常喜欢嫣然,她本来是我的女朋友,如果没有你老兄介入,我可能—— 一箭双雕!"

"嘿嘿!"安公子干笑起来,"男人,真是贪心透顶!怪不得嫣然常说,天下男人,乌鸦一般黑……"

凌康的眼睛,不由自主地被那姐妹二人吸引住了,她们正和两位男士跳着舞,那两位男士都要命地"风度翩翩",而两位女士都要命地"娇媚迷人"!

"等等,安公子,别谈乌鸦怎么黑了,"他把酒杯放在桌上,"谈谈火鸟怎么红吧!看样子,你的'紧张'有点道理,这姐妹二人好像安心要把天下男人,个个燃烧起来!她们——简直在放火呢!去吧!安公子。快去抓牢我们的两只火鸟吧!"

他们走了过去,很礼貌地,很优雅地,双双对那两位男士一个深鞠躬:"请把你们的舞伴让给我们好吗?"

两位男士让开了。安公子拥住了嫣然,凌康拥住了巧眉,他们翩然起舞。唱片上是支老歌《你照亮我的生命》,他们舞着舞着，紧紧地拥抱着，紧紧地依偎着，紧紧地脸贴着脸，心贴着心，一直舞着舞着舞着……

兰婷夫妇和安家二老，以及凌家二老站在一块儿，三对老夫妇，眼光都跟着那两对年轻人转。终于，凌康的母亲，对兰婷由衷地、羡慕地说："你真有一对太出色的女儿！"

兰婷微笑起来，心思飘到久远以前，一个春天的早晨上。她笑着，静悄悄地说："告诉你们一个秘密，我曾经失去一个儿子，我一直在怀念那失去的男孩。可是，今晚，我认为，我实在太富有了！富有得没有丝毫遗憾了。"

夜深了，深了，深了。

客人终于都散了。兰婷夫妇也去睡觉了。

两对年轻人还在室内。灯光仍然在闪烁，酒香仍然在弥漫，满房间的鲜花仍然在诉说着爱意。

凌康紧握着巧眉的手。

"巧眉，"他说，"记得我们以前，四个人常常又弹琴又唱歌吗？"

"是的。"

"我想听你弹琴。"于是，四人都进了琴房。于是，钢琴声又叮叮咚咚地响了。于是，嫣然找出她久已不用的吉他。于是，他们又唱起歌来了：

　　　　小雨细细飘过，晚风轻轻吹过，

　　　　一对燕子双双，呢呢喃喃什么？

　　　　不伴明窗独坐，不剩人儿一个！

世上何来孤独，人间焉有寂寞？

唱醉一帘秋色，唱醉万家灯火，

日日深杯引满，夜夜放怀高歌，

莫问为何痴狂，且喜无拘无锁！

　　唱完了。四个人欢呼着，又叫又闹又笑着。安公子把一瓶没喝完的红酒拿进来，倒满了大家的杯子，四个人举杯相碰，"铿"然有声，大家参差不齐地，笑着、欢呼着叫了出来：

　　"为火鸟干一杯！"

　　"为重生干一杯！"

　　"为燃烧干一杯！"

　　"为永恒干一杯！"

——全书完——

一九八一年五月十二日黄昏初稿

完稿于台北可园

一九八一年八月四日深夜修正于台北可园

（京权）图字：01-2025-0195

图书在版编目（CIP）数据

燃烧吧！火鸟/琼瑶著. -- 北京：作家出版社，2025.1.
（琼瑶作品大全集）. -- ISBN 978-7-5212-3236-3

Ⅰ. I247.5

中国国家版本馆 CIP 数据核字第 2025XT5313 号

燃烧吧！火鸟（琼瑶作品大全集）

作　　者：琼　瑶
责任编辑：李　雯　夏宁竹
装帧设计：棱角视觉　纸方程·于文妍
责任印制：李大庆　金志宏
出版发行：作家出版社有限公司
社　　址：北京农展馆南里 10 号　　　邮　　编：100125
电话传真：86-10-65067186（发行中心）
　　　　　86-10-65004079（总编室）
E-mail: zuojia@zuojia.net.cn
http://www.zuojiachubanshe.com
印　　刷：三河市紫恒印装有限公司
成品尺寸：142×210
字　　数：113 千
印　　张：5.5
版　　次：2025 年 1 月第 1 版
印　　次：2025 年 1 月第 1 次印刷
ISBN 978-7-5212-3236-3
定　　价：2754.00 元（全 71 册）

品 琼 瑶 经 典

忆 匆 匆 那 年

琼瑶作品大全集

1963 《窗外》

1964 《幸运草》

1964 《六个梦》

1964 《烟雨蒙蒙》

1964 《菟丝花》

1964 《几度夕阳红》

1965 《潮声》

1965 《船》

1966 《紫贝壳》

1966 《寒烟翠》

1967 《月满西楼》

1967 《翦翦风》

1969 《彩云飞》

1969 《庭院深深》

1970 《星河》

1971 《水灵》

1971 《白狐》

1972 《海鸥飞处》

1973 《心有千千结》

1974 《一帘幽梦》

1974 《浪花》

1974 《碧云天》

1975 《女朋友》

1975 《在水一方》

1976 《秋歌》

1976 《人在天涯》

1976 《我是一片云》

1977 《月朦胧鸟朦胧》

1977 《雁儿在林梢》

1978 《一颗红豆》

1979 《彩霞满天》

1979 《金盏花》

1980 《梦的衣裳》

1980 《聚散两依依》

1981 《却上心头》

1981 《问斜阳》

1981 《燃烧吧！火鸟》

1982 《昨夜之灯》

1982 《匆匆，太匆匆》

1984 《失火的天堂》

1985 《冰儿》

1989 《我的故事》

1990 《雪珂》

1991 《望夫崖》

1992 《青青河边草》

1993 《梅花烙》

1993 《鬼丈夫》

1993 《水云间》

1994 《新月格格》

1994 《烟锁重楼》

1997 《还珠格格第一部1阴错阳差》

1997 《还珠格格第一部2水深火热》

1997 《还珠格格第一部3真相大白》

1997 《苍天有泪1无语问苍天》

1997 《苍天有泪2爱恨千千万》

1997 《苍天有泪3人间有天堂》

1999 《还珠格格第二部1风云再起》

1999 《还珠格格第二部2生死相许》

1999 《还珠格格第二部3悲喜重重》

1999 《还珠格格第二部4浪迹天涯》

1999 《还珠格格第二部5红尘作伴》

2003 《还珠格格第三部天上人间1》

2003 《还珠格格第三部天上人间2》

2003 《还珠格格第三部天上人间3》

2017 《雪花飘落之前——我生命中最后的一课》

2019 《握三下，我爱你——翩然起舞的岁月》

2020 《梅花英雄梦1乱世痴情》

2020 《梅花英雄梦2英雄有泪》

2020 《梅花英雄梦3可歌可泣》

2020 《梅花英雄梦4飞雪之盟》

2020 《梅花英雄梦5生死传奇》